Klarant Verlag

Die gebürtige Ostfriesin ***Sina Jorritsma*** aus der Krummhörn studierte in Hamburg Germanistik und Philosophie, bevor sie wieder in ihre Heimat zurückkehrte. Sie veröffentlicht unter Pseudonym, weil sie ihre Umgebung genau beobachtet und Ereignisse aus ihrem Leben in ihre Geschichten einfließen. Das Romaneschreiben ist ihr kleines Geheimnis, das nur wenige Menschen kennen. Bei einer großen Kanne Ostfriesentee mit Sahne und Kluntjes kann sie halbe Nächte durchschreiben, tagsüber hält sie sich mit Joggen fit. Sina Jorritsma lebt mit ihrer Familie in einem kleinen Ort bei Emden.

Sina Jorritsma

Friesenkoch

Ostfrieslandkrimi

Klarant Verlag

Klarant Verlag, www.klarant.de – www.ostfrieslandkrimi.de
ISBN: 978-3-96586-105-3
1. Auflage 2019
Umschlagabbildung: Klarant Verlag

Printed in the EU.

Kapitel 1

Kommissarin Mona Sander war der Appetit vergangen. Sie rümpfte die Nase, als ihr ein Silbertablett mit »provencalischen Heringshäppchen« präsentiert wurde.

»Nein, danke. Mir ist schon schlecht.«

Oberkommissar Enno Moll stand direkt neben ihr. Er blinzelte seiner Kollegin freundlich zu und knuffte sie sanft in die Flanke.

»Komm schon, Mona. Sei nett.«

Sie rollte genervt mit den Augen und strich ihre widerspenstigen rotblonden Haare zurück.

»Dafür gibt es ja wohl überhaupt keine Veranlassung, mein Lieber! Wir spielen hier die Bodyguards für einen selbstgefälligen Möchtegern-Star ...«

»Tiemo Kopper dürfte momentan wohl der berühmteste Sohn Borkums sein«, fiel Enno ihr ins Wort. »Seine Kochshows im Fernsehen erzielen Traumquoten, und er hat eine große Anhängerschaft in den sozialen Medien.«

»Das ist mir doch egal!«, fauchte die Kommissarin. »Nur wegen diesem Kerl hat der Chef uns dazu gezwungen, uns in Schale zu werfen. Und nun sehen wir aus wie Schießbudenfiguren!«

»Ich finde, dass dir dein Kostüm sehr gut steht«, sagte Enno mit seiner üblichen Bärenruhe. Mona blickte an sich herab. Sie trug ein taubengraues Geschäftskostüm mit knielangem Rock, dazu eine hochgeschlossene weiße Bluse. Die Kommissarin kam sich vor wie bei einem Bewerbungsgespräch für eine Anstellung bei der Sparkasse. Normalerweise bevorzugte sie legere Kleidung. Jeans und Rollkragenpullover passten ihrer Meinung nach besser zu Borkum als ihre formelle Montur.

Auch Enno hatte für die aktuelle Aufgabe seine geliebte schäbige Lederjacke ablegen müssen und seinen schwarzen Anzug angezogen, den er normalerweise nur auf Beerdigungen trug. Nach Monas Meinung erinnerte ihr hochgewachsener und beleibter Kollege momentan an einen ostfriesischen Bauern, der sich als FBI-Agent verkleiden wollte. Obwohl Mona für ihr vorlautes Mundwerk berüchtigt war, hätte sie Enno niemals damit aufgezogen. Sie verstand sich mit ihm so gut wie mit keinem anderen Menschen auf der Welt.

Mona warf einen sehnsüchtigen Blick durch die hohen Panoramafenster. Der Beherbergungsbetrieb befand sich unmittelbar oberhalb der Borkumer Promenade. Dahinter breitete sich die Nordsee bis zum Horizont aus, an dem momentan ein postkartenreifer Sonnenuntergang stattfand. Die Kommissarin beglückwünschte sich selbst wieder einmal dazu, auf einer so schönen Insel wie Borkum wohnen und arbeiten zu dürfen. Dieser Gedanke würde es ihr hoffentlich leichter machen, die nächsten Stunden zu überstehen.

Mona verabscheute nämlich Kochshows. Als TV-Zuschauerin boykottierte sie diese Sendungen. Und nun musste sie auch noch Leibwächterin für diesen überheblichen Küchenstar Kopper spielen!

Es war, als ob sie durch ihre Gedanken den Spitzenkoch angelockt hätte. Nun kam nämlich Kopper in seiner blütenweißen Kochjacke auf sie und Enno zugeschlendert.

»Na, Herr Wachtmeister?« Kopper klopfte Monas Dienstpartner gönnerhaft auf die Schulter. »Hast du die Lage im Griff?«

»Herr Moll ist Kriminaloberkommissar!«, blaffte sie, bevor Enno etwas entgegnen konnte. Dabei warf sie dem Koch einen Unheil verkündenden Blick zu.

Kopper blickte auf die Kommissarin hinab.

»Die Kleine ist wohl mit dem falschen Fuß aufgestanden«, gab er mit spöttischem Unterton von sich.

Niemand außer Enno durfte es wagen, Mona wegen ihrer geringen Körpergröße aufzuziehen. Und er tat es auch stets nur in freundschaftlicher Absicht, was man von dem TV-Star nicht behaupten konnte. Kopper zeigte nur allzu deutlich, dass er sich allen anderen Anwesenden haushoch überlegen fühlte. Sein Tross an Mitarbeitern, die mit ihm angereist waren, dienerte ohnehin vor ihm. Für Mona war das ein weiterer Grund, sich von diesem Kerl garantiert nichts gefallen zu lassen.

Enno, der die berüchtigten Temperamentsausbrüche seiner Kollegin kannte, schob sich schnell zwischen Kopper und Mona.

»Wir konnten noch keine verdächtigen Gestalten bemerken, Tiemo«, sagte er schnell. »Du kannst dich also ganz auf deine Vorbereitungen konzentrieren.«

Mona musterte den Koch von Kopf bis Fuß. Sie wusste, dass Enno und dieser Widerling als ehemalige Klassenkameraden in etwa gleich alt waren. Doch während der kurz vor der Pensionierung stehende Oberkommissar seine Falten und Runzeln mit Würde trug, war Koppers Gesichtshaut so glatt wie die Wasseroberfläche der Nordsee bei Windstille. Sein jugendliches Aussehen kam Mona so falsch vor wie ein Sieben-Euro-Schein. Wahrscheinlich hatte er ein teures After Shave aufgelegt, doch das konnte sie wegen ihrer Erkältung nicht riechen.

Wenigstens etwas, dachte Mona.

»Ist Ihr Dauergrinsen eigentlich eine Folge der Schönheits-OPs?«, fragte sie betont unschuldig. Kopper zuckte zusammen und warf ihr einen wütenden Blick zu. Doch gleich darauf hatte er sich wieder im Griff. Er war eben ein Medien-Profi.

»Frauen, die mir die kalte Schulter zeigen, finden mich meist besonders attraktiv«, sagte er mit einem verführerischen Unterton in der Stimme. »Wir sollten dieses Thema später bei einem Glas Champagner vertiefen, Frau Sander.«

»An den Herd mit Ihnen, bevor Sie wirklich Polizeischutz brauchen – und zwar vor mir!«, wütete Mona.

Kopper ließ ein arrogantes Lachen hören und wandte sich nun wirklich von den Ermittlern ab. Enno seufzte.

»Musste diese Szene sein, Mona?«

»Das fragst du *mich*, Enno? Dieser Botox-Clown war es doch, der dich als Wachtmeister tituliert hat. Dabei weiß Kopper ganz genau, welchen Rang du bekleidest. Er hat ja laut genug um Polizeischutz für seine dämliche Show gefleht.«

»Genau genommen kam der Antrag nicht von Tiemo, sondern von seiner Managerin«, erinnerte der Ostfriese. »Und nach den anonymen Morddrohungen, die er in Hamburg erhalten hat, sollten wir die Sicherheitslage nicht auf die leichte Schulter nehmen. Er wäre nicht der erste Prominente, der bei einem durchgeknallten Attentäter auf der Abschussliste steht.«

»Dass Kopper ein *Prominenter* ist, lässt er jedenfalls penetrant raushängen«, grollte Mona. »Du bist einfach zu gutmütig, Enno. Es macht mich sauer, wie er auf alle anderen Menschen hinabblickt.«

Der Oberkommissar lachte gemütlich und legte seinen Arm um ihre Schultern.

»Die Show wird heute Abend aufgezeichnet, morgen reist die TV-Crew wieder ab und dann kehrt auf Borkum wieder Alltag ein.«

»Dein Wort in Gottes Ohr«, erwiderte Mona. Sie war nun halbwegs besänftigt. Ennos bedächtige Art wirkte auf die temperamentvolle Kommissarin immer wieder wie ein natürliches Beruhigungsmittel. Sie konnte Kopper nun mit anderen Augen betrachten. Gewiss, der Starkoch war ihr immer noch unsympathisch. Und sie würde ganz bestimmt keinen Champagner mit ihm trinken, von weiter gehenden Vertraulichkeiten ganz zu schweigen. Kopper gehörte offenbar zu den Männern, die sich selbst grundsätzlich für unwiderstehlich hielten.

Mona ließ ihren Blick durch den großen Festsaal des Traditionshotels aus der Kaiserzeit schweifen. Auf den Stühlen hatten ungefähr hundertzwanzig Gäste Platz genommen. Seit Tagen war für die Aufzeichnung von *Koppers Küche* kräftig die Werbetrommel gerührt worden. Die beliebte TV-Sendung sollte erst sechs Wochen später ausgestrahlt werden, doch die Eintrittskarten hatte die Touristinformation im Handumdrehen verkauft.

Die Kommissarin schaute auf ihre Armbanduhr. Wenn der Zeitplan eingehalten werden sollte, musste der Starkoch in sechs Minuten an den Herd auf der kleinen Bühne treten und seine Show abziehen.

Nun kam eine fünfzigjährige Frau mit spitzer Nase und strengem Blick auf Mona und Enno zugerauscht.

»Auch das noch«, flüsterte die Kommissarin ihrem Kollegen zu.

Paula Wiesner war Koppers Managerin. Auf Mona wirkte sie wie eine Schauspielerin, die eine strenge Lehrerin spielen soll. In dieser Rolle wirkte Frau Wiesner sehr überzeugend.

»Können Sie Herrn Koppers Sicherheit gewährleisten?«, fragte die Managerin mit einem bohrenden Unterton.

»Ja, sofern uns niemand an der Arbeit hindert«, gab Mona zurück und hielt dem Blick der elegant gekleideten Frau stand.

»Vielleicht ist es wirklich besser, wenn du noch einmal im Hotelfoyer nach dem Rechten siehst«, schlug Enno vor. Die Kommissarin verstand den Wink mit dem Zaunpfahl. Ihr Kollege wollte sie aus der Schusslinie schaffen, bevor sie sich endgültig um Kopf und Kragen redete. Es war Paula Wiesner durchaus zuzutrauen, dass sie sich beim Dienststellenleiter Oltbeck über Mona beschwerte. Und die Kommissarin hatte wegen ihres Benehmens schon öfter Ärger bekommen, man musste das Unglück ja nicht künstlich heraufbeschwören.

Außerdem konnte ein wenig frische Luft nichts schaden. In dem Saal vermischte sich der Duft von zahlreichen Parfüms mit dem typischen Matjesgeruch der Heringshäppchen.

Provencalische Heringshäppchen, was für ein Unsinn!, dachte Mona. Was haben diese Fische in Südfrankreich verloren?

Sie sagte: »Gut, dann drehe ich mal eben eine Runde. Wir bleiben über Funk in Verbindung.«

Enno nickte und klopfte auf das Funkgerät, das er an seinem Gürtel befestigt hatte. Sein Jackett war aufgeknöpft, sodass der gewaltige Bauch nicht übersehen werden konnte. Frau Wiesner warf Mona einen strafenden Blick zu. Die Kommissarin fühlte sich wie eine Schülerin, die auf der Toilette beim Rauchen erwischt wird. Sie eilte hinaus und atmete erst auf, als sie vor dem Hoteleingang stand.

Draußen auf der Jann-Berghaus-Straße ging das Borkumer Abendleben herrlich unaufgeregt seinen Gang. Touristen oder Patienten aus den Kurkliniken saßen auf den Ruhebänken oder hatten es sich auf den hölzernen Liegen bei der »Walfischinsel« bequem gemacht. Jogger liefen vorbei, und die Möwen drehten auf der Suche nach Fressbarem ihre Runden in der Luft.

Mona fühlte sich in ihrem eleganten Kostüm unwohl, doch die Pflicht trieb sie nach einer kurzen Verschnaufpause wieder ins Hotel zurück. Immerhin war es ja wirklich denkbar, dass ein verwirrter Attentäter es auf den prominenten Fernsehkoch abgesehen hatte. Erfolg rief Neider hervor, wie die Kommissarin wusste. Kopper verdiente nicht nur als Chefkoch eines Hamburger Vier-Sterne-Hotels sehr gut, er war außerdem Autor diverser Kochbücher und sorgte mit seiner Sendung *Koppers Küche* für gute Einschaltquoten im Privatfernsehen.

Das Hotelfoyer war seit der Regentschaft von Kaiser Wilhelm II. zwar öfter renoviert worden, verströmte aber immer noch den nostalgischen Charme weit zurückliegender Tage. Gerahmte Schwarz-Weiß-Bilder zeigten das Borkum der Wende vom neunzehnten zum zwanzigsten Jahrhundert, komplett mit Badekarren und Dampfschiffen.

Nach Monas Meinung konnte man einem Attentäter seine üblen Absichten nicht an der Nasenspitze ansehen. Also konzentrierte die Kommissarin sich auf die Körpersprache der Anwesenden. Nachdem ihr in der Hotellobby nichts Verdächtiges aufgefallen war, kehrte sie in den Saal zurück. Dort sprach Enno immer noch mit der

Managerin. Doch das war jetzt nebensächlich, denn eine junge Frau hatte die Aufmerksamkeit der Kommissarin erregt.

Die Unbekannte fiel aus dem Rahmen, und das lag nicht nur an ihrem Aussehen. Die meisten Touristen auf der Nordseeinsel bevorzugten einen legeren Freizeitlook. Die Gäste der Kochshow hingegen hatten sich besonders schick gemacht. Wahrscheinlich, damit sie bei einem Kameraschwenk ins Publikum eine gute Figur machten.

Doch auf die dunkelhaarige Frau traf weder das eine noch das andere zu. Sie war auffallend blass. Auf Borkum hatten die meisten Menschen schon nach wenigen Tagen Aufenthalt einen gesunden Teint. Die Kleidung der Fremden hätte besser in ein Szene-Viertel von Berlin oder Hamburg als auf eine Ferieninsel in der Nordsee gepasst. Die Frau trug einen Minirock, dazu rote Basketballschuhe und eine gemusterte Strumpfhose. Eine orangefarbene Jacke im Boleroschnitt und ein Ringelshirt vervollständigten das auffällige Erscheinungsbild.

Doch für Mona war das Verhalten der Unbekannten besorgniserregend. Das schlechte Gewissen stand ihr förmlich ins Gesicht geschrieben. Sie konnte keinem Menschen länger als eine Sekunde in die Augen blicken. Im Gegensatz zu den meisten anderen Gästen hatte sie sich noch keinen Sitzplatz gesucht, sondern stromerte nervös am Rand des Saals herum. Dabei schaute sie oft zur noch leeren Bühne, wo ein Herd, ein Kühlschrank sowie zahlreiche Kochutensilien aufgebaut waren. Außerdem linste die Frau auf ihr Smartphone. So, als ob sie dringend auf eine Textnachricht warten würde.

Mona verließ sich oft auf ihr Bauchgefühl. Und ihre Berufserfahrung sagte ihr, dass hier etwas ganz gewaltig faul war. Die Kommissarin beschloss, die Identität der Fremden festzustellen. Sie bewegte sich zügig auf die Verdächtige zu. Aber leider blieb die Kommissarin dabei nicht unauffällig genug. Jedenfalls bemerkte die Frau, dass Mona es auf sie abgesehen hatte. Ob sie sich aus diesem Grund in der Nähe des Notausgangs herumdrückte?

Auf jeden Fall drehte sie sich von der Ermittlerin weg, machte ein paar schnelle Schritte und verschwand hinter der Tür mit der Aufschrift NOTAUSGANG. Mona unterdrückte einen Fluch. Sie war eigentlich eine fixe Läuferin, da sie in ihrer Freizeit täglich joggte. Ihre eleganten Schuhe mit Keilabsatz waren zwar nicht wirklich hochhackig, eigneten sich aber trotzdem kaum für eine Verfolgungsjagd. Die Verdächtige trug dafür zweifellos die bessere Fußbekleidung.

Mona rannte los und riss ebenfalls die Tür auf. Vor ihr lag ein muffiger Gang, der durch eine trübe Funzel mehr schlecht als recht beleuchtet wurde. Trotzdem konnte die Kommissarin erkennen, dass die Flüchtende eine weitere Tür am anderen Ende des Flurs aufgerissen hatte. Die Tür zum Saal war wieder geschlossen. Sie hielt offenbar schalldicht, zumindest konnte man das Gemurmel der Gäste nicht mehr hören.

»Polizei! Stehen bleiben!«, rief Mona mit gellender Stimme. Dadurch ließ sich die junge Frau nicht stoppen. Die Ermittlerin raste auf die Außentür zu. Der Notausgang führte auf die Gorch-Fock-Straße hinaus. Als Mona das Hotel verlassen wollte, knickte sie mit dem linken Fuß um und fiel der Länge nach hin. Ein plötzlicher stechender Schmerz zuckte durch ihren Knöchel, trieb ihr die Tränen in die Augen. Sie rappelte sich sofort wieder vom Boden auf und versuchte vorsichtig, ihr Bein zu belasten. Mona konnte humpeln, aber an eine schnelle Verfolgungsjagd war nicht zu denken. Die Verdächtige war Richtung Neuer Leuchtturm gelaufen. Es gab zahlreiche Versteckmöglichkeiten.

Die Kommissarin war stocksauer. Als geübte Läuferin passierte ihr so etwas äußerst selten. Ob die junge Frau wirklich einen Anschlag auf den Starkoch geplant hatte?

Mona wischte sich das Gesicht mit einem Taschentuch ab, klopfte den Staub von ihrem Rock und griff zum Funkgerät. Ihre junge Kollegin Grietje Smit meldete sich.

»Was gibt es, Mona?«

Die Kommissarin gab eine Personenbeschreibung der Verdächtigen durch und fügte hinzu: »Momentan liegt nichts gegen die Frau vor – abgesehen davon, dass sie sich einer polizeilichen Überprüfung entzogen hat. Ich wüsste trotzdem gern, mit wem ich es zu tun habe.«

»Die Beschreibung gebe ich an die Kollegen im Streifendienst weiter. Und – schlagt du und Enno euch bei dem Starkoch die Bäuche voll, während wir für Recht und Ordnung sorgen?«

Mona musste grinsen. Die unverschämte Art ihrer jungen Kollegin war gewöhnungsbedürftig. Doch diesmal hatte die sommersprossige Polizeimeisterin es geschafft, die Kommissarin aufzuheitern.

»Funkdisziplin, Grietje! Meldest du dich, sobald es etwas Neues gibt?«

»Wird gemacht.«

Mona kehrte in den Saal zurück. Zu ihrer Erleichterung stellte sie fest, dass Enno inzwischen nicht mehr in Gesellschaft der Managerin war. Der erfahrene Ermittler runzelte die Stirn.

»Was ist passiert? Warum humpelst du?«

Mona berichtete im Telegrammstil von der jungen Frau und fügte hinzu: »Womöglich sehe ich nur Gespenster, und die Verdächtige hatte mit Kopper gar nichts am Hut. Es könnte sich auch um eine Hoteldiebin handeln, die einen sechsten Sinn für Polizeibeamte in Zivil hat. Wenn ich nicht diese unbequemen Schuhe tragen müsste, hätte ich das Früchtchen erwischt.«

»Davon bin ich überzeugt«, gab Enno schmunzelnd zurück. »Wir sollten – ah, es geht los!«

Der Inselkommissar unterbrach sich selbst, denn nun betrat Kopper unter donnerndem Applaus und Begeisterungspfiffen die Bühne. Mona musste sich widerwillig eingestehen, dass dieser eingebildete Fatzke wirklich eine Menge Fans hatte. Ob man automatisch so wie Kopper wurde, wenn man im Licht der Öffentlichkeit stand? Mona war froh, dass sie nicht prominent war und ein angenehmes Leben auf einer schönen Insel hatte.

Kopper setzte ein gewinnendes Grinsen auf. Er stand hinter dem Herd und der Arbeitsplatte, wartete auf das Abebben des Händeklatschens. Als es wieder ruhig im Saal war, begann er:

»Ich danke Ihnen, meine Damen und Herren. Heute begrüße ich Sie auf Borkum, meiner geliebten Heimatinsel. Obwohl mein Beruf mich in internationale Hotels und Top-Restaurants zwischen New York City, Tokio, Singapur und Dubai geführt hat, konnte ich doch die urwüchsige Küche Ostfrieslands niemals vergessen. Allerdings leben wir nun im einundzwanzigsten Jahrhundert, und der Fortschritt macht auch vor den Kochtöpfen nicht halt. Daher präsentiere ich Ihnen heute meine neueste Eigenkreation: Kugelfisch an Uppstöfft Kohlrabi!«

Mona bemerkte, dass Enno die Augenbrauen zusammenzog. Erstmals reagierte der Ostfriese nicht freundlich-gelassen, sondern gereizt auf seinen ehemaligen Klassenkameraden. Das war natürlich Wasser auf die Mühlen der Kommissarin.

»Ist etwas nicht in Ordnung?«, flüsterte sie mit gespielter Unschuld.

»Ich finde es nicht gut, ein Traditionsgericht so zu verhunzen«, knurrte Enno. »Was haben Kugelfische in der Nordsee verloren? Die kommen doch ursprünglich aus China, oder?«

»Aus Japan, soweit ich weiß.«

Die Ermittler beendeten ihren kurzen Wortwechsel, da ihnen einige Gäste schon strafende Blicke zuwarfen. Außerdem sollten sie den Meisterkoch vor einem Angriff auf sein Leben bewahren. Und das konnte nur gelingen, wenn sie mit hundertprozentiger Konzentration bei der Sache waren.

Kopper zerlegte den Kohlrabi mit routinierten Bewegungen, auch der fernöstliche Meeresbewohner war bereits in mundgerechte Stücke geschnitten worden. Mona musste zugeben, dass die in einer Kasserolle kochende Soße verführerisch duftete. Kopper griff zum Löffel.

»Und nun kommt der angenehmste Teil meines schönen Berufs: das Abschmecken.«

Der Starkoch probierte die Soße. Plötzlich riss er den Mund weit auf, rang verzweifelt nach Atem. Die Beine versagten ihm den Dienst. Kopper versuchte, sich am Herd festzuhalten, ging aber wild zuckend zu Boden. Er bäumte sich auf, drückte das Kreuz durch und griff sich mit beiden Händen an die Kehle. Seine Augen quollen beinahe aus den Höhlen. Einige Menschen im Publikum schrien erschrocken auf. Mona stürmte bereits die Bühne, so schnell es ihr mit ihrem schmerzenden Fuß möglich war. Sie kniete sich neben den Koch, drehte ihn in eine stabile Seitenlage und versuchte es mit einer Mund-zu-Mund-Beatmung. Doch es war vergeblich. Die Kommissarin konnte weder Pulsschlag noch Herztöne bemerken.

Kopper lebte nicht mehr.

Kapitel 2

Inzwischen hatte sich auch Enno auf die Bühne begeben.

»Dein Schulfreund ist tot, wir müssen eine Massenpanik vermeiden«, raunte Mona ihrem Kollegen zu. »Fordere Verstärkung an, so viele Kollegen wie möglich. Wir müssen von allen Anwesenden die Personalien aufnehmen. Noch wissen wir nicht, wie Kopper ums Leben gekommen ist.«

Der Oberkommissar nickte und griff zum Funkgerät. Mona schnappte sich das Mikrofon, das am Hemdkragen des Starkochs befestigt gewesen war. Er würde es nicht mehr benötigen.

»Moin, ich bin Kommissarin Sander von der Borkumer Polizei. Es hat einen Unglücksfall gegeben. Bitte bleiben Sie ruhig auf Ihren Plätzen. Meine Kollegen werden bald zu Ihnen kommen und Sie befragen.«

Doch die Unruhe war beinahe mit Händen zu greifen. Einige Leute hatten bereits begonnen, mit ihren Smartphones zu filmen, wie Mona grollend bemerkte. Sie wollte keine Aufnahmen des Toten in den sozialen Medien sehen. Also nahm sie Koppers Kochschürze ab und bedeckte damit sein Gesicht und seinen Oberkörper. Eine Plane wäre besser gewesen, aber so etwas hatte sie nicht.

Paula Wiesner tauchte neben ihr auf, als wäre sie aus dem Boden gewachsen. Mona hatte die Managerin nicht mehr gesehen, seit sie selbst den Saal verlassen hatte.

Frau Wiesners Stimme klang hysterisch.

»Ich befürchtete ja, dass es jemand auf Tiemos Leben abgesehen hat! Sie haben versagt, Sie hätten ihn beschützen müssen!«

»Nun halten Sie mal die Luft an!«, feuerte die Kommissarin auf ihre übliche undiplomatische Art zurück. »Noch gibt es keinen Hinweis auf ein Verbrechen, es kann auch ein Unfall vorliegen. Lassen Sie uns einfach unsere Arbeit machen.«

Aus dem Augenwinkel beobachtete Mona, was ihr Kollege tat. Nachdem Enno mit der Polizeistation Kontakt aufgenommen hatte, platzierte er sich vor dem Ausgang Richtung Hotelfoyer. Wer immer den Saal verlassen wollte, musste an dem breitschultrigen Riesen vorbei. Und Enno ließ die Leute nicht gehen, ohne ihre Ausweispapiere zu kontrollieren und die Namen aufzuschreiben. Bisher war niemand auf die Idee gekommen, sich durch den

Notausgang aus dem Staub zu machen. Abgesehen natürlich von der jungen Frau. Ob sie für den Tod des Starkochs verantwortlich war?

Darüber konnte Mona sich später den Kopf zerbrechen. Nun erschienen einige uniformierte Kollegen auf der Bildfläche. Die Kommissarin winkte Polizeimeister Claas Lammer zu sich hin und bat ihn, den Notausgang zu bewachen. Die von Mona befürchtete Massenpanik war zwar ausgeblieben. Trotzdem redeten die Menschen wild durcheinander, einige weinten. Immerhin hatten sie das Filmen mit ihren Handys aufgegeben, nachdem der Leichnam abgedeckt worden war.

Die Einzige, die hektisch in ihr Smartphone sprach, war die Managerin. Sie hatte sich in eine Ecke der Bühne zurückgezogen und befand sich außerhalb von Monas Hörweite. Nun beendete sie das Telefonat und trat auf die Kommissarin zu.

»Ich werde mich über Sie und Ihren Kollegen beschweren, Frau Sander. Wenn Sie nicht so leichtsinnig gewesen wären, könnte Tiemo Kopper noch leben.«

»Ja, ich hätte als Vorkosterin fungieren sollen, dann wäre ich jetzt tot«, fauchte Mona. »Noch können wir gar nicht von einem Verbrechen ausgehen, also sind Ihre Vorwürfe haltlos. Ich bin keine Expertin, aber nach meinem Wissensstand sind Kugelfische hochgiftig. Herrn Koppers Tod kann auch durch einen von ihm selbst verschuldeten Unfall mit dem Fischgift verursacht worden sein.«

»Richtig, Sie sind keine *Expertin*!«, erwiderte Frau Wiesner. »Es stimmt, die Zubereitung eines Kugelfischs erfordert höchstes Können. Glauben Sie ernsthaft, dass einem der besten deutschen Köche dabei ein Fehler unterlaufen wäre?«

Die Kommissarin schüttelte den Kopf.

»Die Polizei hält sich an die Faktenlage, vor der Obduktion können wir uns nicht zur Todesursache äußern. Aber falls Sie Verdachtsmomente haben, dann schlage ich vor, dass Sie morgen Vormittag auf der Polizeistation eine Aussage machen.«

»Das werde ich tun, darauf können Sie sich verlassen! Und zwar mit anwaltlicher Unterstützung!«

Mona wollte noch sagen, dass dies Frau Wiesners gutes Recht wäre. Doch bevor sie noch einmal zu Wort kam, war die Managerin schon wieder abgerauscht. Inzwischen war auch ein Notarzt eingetroffen, der allerdings Monas ersten Eindruck nur bestätigen konnte. Die

Kommissarin veranlasste, dass der Tote zur Obduktion ins gerichtsmedizinische Institut von Oldenburg geschafft wurde.

Plötzlich ertönte am Saaleingang hysterisches Kreischen. Dort hatte Enno inzwischen Unterstützung von den Polizeikollegen Hauke Knudsen und Aiske Berend bekommen. Trotzdem war es ihnen kaum möglich, eine Frau mit langen blonden Haaren zurückzuhalten.

»Lasst mich los, verdammt nochmal! Ich will zu Tiemo! Was ist mit ihm geschehen?«

Mona bahnte sich einen Weg zwischen den Gästen hindurch. Die Unbekannte war sehr schlank und wirkte in ihrem lachsfarbenen Hosenanzug und den Lackpumps mondän und elegant. Nach Meinung der Kommissarin hätte sie besser auf die Düsseldorfer Königsallee oder eine ähnliche Millionärsmeile gepasst als nach Borkum. Die Frau war ziemlich hübsch und sehr betrunken.

»Ich kümmere mich um die Dame, Kollegen«, sagte Mona und zeigte der Blonden ihren Dienstausweis. Sie brachte Enno kurz auf den neuesten Stand. Dann hakte die Kommissarin die Unbekannte unter und zog sie mit sich in eine ruhige Ecke des Hotelfoyers. Dort standen Polstermöbel herum. Die Blonde ließ sich in einen Sessel fallen und schlug die Hände vor das Gesicht.

»Bitte sagen Sie mir, dass es Tiemo gut geht!«, brachte sie schluchzend hervor. Mona legte eine Hand auf ihre Schulter.

»Das ist mir leider nicht möglich. Tiemo Kopper ist verstorben.«

Die Frau weinte nun heftig. Der Kommissarin blieb nichts anderes übrig, als zu warten, bis sie sich halbwegs beruhigt hatte. Mona überdachte ihr eigenes Verhältnis zu dem Toten. Für sie war Kopper vom ersten Moment an ein Ekelpaket gewesen. Seine Überheblichkeit und die gönnerhafte Herablassung gegenüber Enno hatten ausgereicht, um Mona zu seiner erklärten Feindin zu machen. Aber vielleicht gab es liebenswerte Seiten an diesem Mann, die der Kommissarin entgangen waren. Ihre Bekanntschaft mit Kopper hatte sich auf wenige Stunden beschränkt, nämlich von der Ankunft des Starkochs samt seinem Gefolge auf der Insel bis zu seinem Tod.

Die Blonde schnäuzte sich geräuschvoll und blickte Mona aus geröteten Augen an.

»Ich bin Kommissarin Sander von der Polizei Borkum. Verraten Sie mir bitte Ihren Namen?«

»Berit Gelbmann. Ich bin … war Tiemos Lebensgefährtin«, brachte sie mit schwerer Zunge hervor. Mona führte sich vor Augen, dass Frau Gelbmanns Aussagen aufgrund ihres Alkoholkonsums keine Beweiskraft hatten. Dennoch konnte sie dabei helfen, einen ersten Eindruck zu gewinnen. Bevor Mona eine Frage stellen konnte, redete die Blonde weiter:

»Was ist mit Tiemo geschehen, Frau Sander? Hat ihn jemand getötet?«

»Unsere Ermittlungen stehen noch ganz am Anfang. Herrn Koppers Managerin hatte aufgrund von anonymen Morddrohungen Polizeischutz beantragt. Können Sie mir mehr zu den Hintergründen sagen?«

Berit Gelbmann verschränkte die Arme vor der Brust und schnaubte ironisch.

»Die Wiesner ist eine Zimtzicke, aber in dem Fall kann sie richtiggelegen haben. Es gab viele Neider, die Tiemo gehasst haben. Aber … wieso ist mein Freund tot, wenn er unter Polizeischutz stand?«

»Noch steht überhaupt nicht fest, ob bei Herrn Koppers Tod überhaupt Fremdeinwirkung im Spiel war«, erwiderte Mona. Gleichzeitig durchforstete sie ihr Gedächtnis. War die Lebensgefährtin des Opfers überhaupt im Saal gewesen? Natürlich konnte die Kommissarin sich nicht an jedes Gesicht im Publikum erinnern. Dennoch – Berit Gelbmann war wegen ihrer hellblonden Haare und ihrer Größe eine auffällige Erscheinung.

Mona beschloss, sie direkt darauf anzusprechen.

»Waren Sie eigentlich im Saal, bevor … Herr Kopper verstarb?«

Die Blonde zögerte einen Moment mit der Antwort.

»Nein, ich hatte keine Lust auf die vielen Menschen. Für mich war es viel schöner, unten auf der Promenade vor einer Bar zu sitzen und den Sonnenuntergang zu genießen.«

»Wo genau?«

Berit Gelbmann beschrieb den Ort. Sie war offenbar in *Ria's Beach* gewesen, dem beliebten Lokal unmittelbar neben der Musikkuppel. Mona nahm sich vor, die Aussage später zu überprüfen. Sie kannte die meisten Gastronomie-Bedienungen auf der Insel.

»Die Show Ihres Lebensgefährten wird fürs Fernsehen aufgezeichnet und Sie sind nicht dabei?«, wunderte die Kommissarin sich.

Die Blonde warf Mona einen undefinierbaren Blick zu.
»Wir haben uns gestritten, ich wollte ihn nicht sehen. Das bereue ich jetzt, ehrlich. Wie hätte ich denn auch ahnen können, dass ich nie wieder mit ihm würde sprechen können?«
Berit Gelbmanns Augen füllten sich erneut mit Tränen. Die Ermittlerin hakte nach.
»Worum ging es bei Ihrer Auseinandersetzung?«
»Ich habe Tiemo verdächtigt, dass er mich betrügt.«
»Haben Sie Beweise dafür, dass Ihr Freund fremdging?«
Berit Gelbmann wirkte zerknirscht. Sie beugte sich vor, stützte ihre Ellenbogen auf die Knie und verschränkte die Finger ihrer Hände ineinander. Sie konnte Mona nicht in die Augen sehen, während sie antwortete.
»Nein, ehrlich gesagt nicht«, gestand sie. »Ich habe Tiemo seit unserer Ankunft auf Borkum zweimal in Gesellschaft von so einem jungen Flittchen gesehen. Aber die beiden haben nur geredet, ich erwischte sie also nicht im Bett. Trotzdem bin ich ausgerastet und habe ihm eine Szene gemacht! Wie konnte ich nur so blöd sein? Dabei liebe ich ihn doch. Und nun ist er für immer fort …«
Sie schluchzte. Mona tat die Frau leid, doch ihr kriminalistisches Interesse war erwacht.
»Können Sie mir dieses sogenannte *Flittchen* genauer beschreiben?«
Berit Gelbmann nickte. Sie putzte sich geräuschvoll die Nase und erzählte der Kommissarin, wie die junge Frau ausgesehen hatte. Das Erscheinungsbild war unverkennbar. Offensichtlich hatte Kopper vor seinem Tod mit der Unbekannten gesprochen, die geflohen war!
Monas Pulsschlag verstärkte sich beträchtlich.
»Hat Herr Kopper Ihnen denn eine Erklärung dafür geliefert, dass er mit dieser Fremden gesprochen hat?«
»Ja. Tiemo behauptete, dass die Kleine nur ein Groupie wäre, das ein Autogramm haben wollte. Das hätte ich ihm ja noch abgekauft, wenn es bei einer Zusammenkunft geblieben wäre. Aber es gab zwei Gelegenheiten, bei denen ich die beiden in trauter Zweisamkeit gesehen habe.«
»Haben Sie ihn darauf aufmerksam gemacht?«
»Darauf können Sie wetten, Frau Sander! Tiemo behauptete, dass die Frau beim zweiten Mal um einen Praktikumsplatz in seiner Küche gebeten hätte. Ich bin nicht dumm. Ich merke genau, wenn

mich jemand hinter das Licht führen will. Ehrlich gesagt war ich sehr enttäuscht von Tiemo. Es war das erste Mal, dass er mich so offensichtlich angelogen hat.«

»Kannte Ihr Lebensgefährte den Namen dieses jungen Fans?«

»Ich weiß es nicht, danach habe ich Tiemo gar nicht gefragt. Ist das denn wichtig?«

»Das war eine reine Routinefrage«, behauptete Mona. Sie wollte sich nicht in die Karten schauen lassen. Sie fragte: »Wie lange waren Sie mit Ihrem Freund zusammen?«

»Sechs Monate. Es war das schönste halbe Jahr meines Lebens.«

»Was machen Sie beruflich, wenn ich fragen darf?«

»Ich bin Fotomodell.«

Berit Gelbmann hob das Kinn und schaute Mona aus verquollenen, geröteten Augen an. Die Kommissarin hatte sich fleißig Notizen gemacht, während sie mit Berit Gelbmann sprach. Nun stand sie auf.

»Das wäre für den Moment alles. Es kann sein, dass mein Kollege und ich während der nächsten Tage noch einmal mit Ihnen reden müssen. Versuchen Sie, ein wenig zu schlafen.«

»Wie kann ich das in einem Zimmer tun, wo mich alles an Tiemo erinnert?«

Auf diese Frage wusste Mona keine Antwort. Und sie ahnte, dass es nach dem Tod des TV-Kochs noch sehr viele Unklarheiten gab.

Kapitel 3

»Moin, Humpelstilzchen! Was hast du denn wieder angestellt?«

Mit diesen Worten wurde Mona am nächsten Morgen von Grietje begrüßt, als sie die Polizeistation an der Strandstraße betrat. Die Kommissarin rollte genervt mit den Augen. Sie hatte schlecht geschlafen, was nicht nur an Tiemo Koppers dramatischen Todesumständen lag. Monas Fußknöchel schmerzte immer noch, obwohl sie sich nicht dienstuntauglich fühlte. Beim Radfahren hielt sich die Pein in Grenzen, doch an die gewohnte Joggingrunde war an diesem Morgen nicht zu denken gewesen. Sie humpelte immer noch, was ihr prompt einen Spruch ihrer frechen jungen Kollegin eingebracht hatte.

»Erinnere mich daran, dass ich dir bei Gelegenheit den Hals umdrehe, Grietje«, fauchte Mona gereizt. »Ist der Chef schon eingetroffen?«

»Ja, und Oltbeck ist auf hundertachtzig, genau wie du selbst. Wird die Ermittlung nach dem Tod des Kochfritzen so dramatisch?«

»Sieht ganz danach aus«, gab Mona zurück. »Dann werde ich mich gleich mal in die Höhle des Löwen begeben.«

»Mach das, Enno ist auch schon beim Chef«, erwiderte Grietje. Immerhin verkniff sie sich eine weitere kesse Bemerkung, was in den Augen der Kommissarin ein gutes Zeichen war. Die Polizeimeisterin mit den Wuschelhaaren hatte ein loses Mundwerk, doch sie merkte, wenn sie den Bogen zu überspannen drohte.

Meistens jedenfalls.

Die Ermittlerin ging zum Büro des Dienststellenleiters, klopfte und trat dann sofort ein.

»Da sind Sie ja endlich, Frau Sander!«, blaffte Oltbeck. Mona hob ihre Augenbrauen, verkniff sich aber ausnahmsweise eine scharfe Erwiderung.

Endlich? Der Dienstbeginn war vor einer Minute, dachte sie. Mona führte sich vor Augen, dass Paula Wiesner sowie vermutlich diverse Medienvertreter ihrem Vorgesetzten die Hölle heißmachten. Die Managerin hatte ja schon angedroht, sich über Mona und Enno beschweren zu wollen. Und der Tod eines Starkochs unter bisher ungeklärten Umständen war natürlich ein gefundenes Fressen für die Pressegeier aus nah und fern. Insofern konnte die Kommissarin verstehen, dass Hauptkommissar Hinrich Oltbeck miserable Laune hatte. Doch sie wollte sich diesen Schuh nicht anziehen, denn weder Mona noch Enno hatten ihrer Ansicht nach etwas falsch gemacht. Dass die Verdächtige ihr entkommen war, sah die Kommissarin schlicht und einfach als Pech an.

Also hielt sie einstweilen ihren Mund, während sie sich auf den zweiten Besucherstuhl vor Oltbecks breitem Schreibtisch niederließ. Enno, der bereits neben ihr Platz genommen hatte, nickte ihr zu. Falls der erfahrene Oberkommissar von Oltbecks Weltuntergangsstimmung beeindruckt war, ließ er es sich zumindest nicht anmerken. Der wuchtige Riese hatte seine Hände über seinem gewaltigen Bauch gefaltet und erinnerte Mona in diesem Moment an einen ostfriesischen Buddha. Enno trug nun seine geliebte Lederjacke. Auch Mona hatte voller Erleichterung wieder ihre Alltagskleidung angelegt, die aus Jeans, Rollkragenpullover und Anorak bestand. Sie hoffte, dass ihr Geschäftskostüm für sehr lange Zeit nicht mehr zum Einsatz kommen würde.

Oltbeck wischte sich mit einem großen Stofftaschentuch den Schweiß von seiner Glatze, obwohl es an diesem windigen Septembermorgen auf Borkum nicht besonders heiß war. Die Hochsaison neigte sich dem Ende zu, doch dank der zahlreichen Patienten von Kurkliniken gab es immer noch genügend Inselbesucher. Hinzu kamen die Urlauber im Seniorenalter, die bewusst außerhalb der Schulferien Ruhe und Erholung auf der größten der Ostfriesischen Inseln suchten.

»Ich hatte Ihnen eindeutig die Anweisung erteilt, das Leben von Tiemo Kopper zu schützen«, sagte der Chef mit erzwungener Ruhe. »Können Sie mir erklären, was schiefgelaufen ist?«

»Eigentlich gar nichts«, behauptete Mona. »Bisher steht doch überhaupt nicht fest, ob der Koch überhaupt ermordet wurde. Herr Moll und ich haben nach Attentätern Ausschau gehalten. Wir waren auf einen Angriff mit Schuss- oder Stichwaffen vorbereitet und hätten in dem Fall Kopper schnell aus der Gefahrenzone geschafft. Außerdem haben wir intensiv nach einem Sprengsatz gesucht, bevor der Saal und die Bühne für das Publikum freigegeben wurden.«

Der Chef schüttelte den Kopf.

»Kopper hätte nicht sterben dürfen«, beharrte er. »Schildern Sie mir genau, wie der Abend verlaufen ist.«

Mona und Enno ergänzten einander mit ihren Berichten. Die Kommissarin erzählte von der jungen Dunkelhaarigen, die ihr entkommen war. Sie fügte hinzu: »Ich habe umgehend eine Fahndung nach dieser Verdächtigen veranlasst. Früher oder später wird sie gefunden. Vor allem, wenn sie versuchen sollte, unsere Insel zu verlassen.«

»Sie hätten die Frau nicht entkommen lassen dürfen!«, sagte Oltbeck vorwurfsvoll.

»Daran sind im Grunde Sie schuld«, behauptete die Kommissarin. Dem Chef quollen beinahe die Augen aus dem Kopf.

»Ich?!«

»Ja, wenn ich Sie an Ihre Anweisung erinnern darf, dass wir *respektable Kleidung* anlegen sollten. Ich knicke normalerweise nie mit dem Gelenk um, weder in Joggingschuhen noch in meinen Boots. Nur in diesen völlig unbrauchbaren Lackschuhen.«

Zur Bekräftigung ihrer Worte legte Mona ihren in einem Halbstiefel steckenden Fuß auf Oltbecks Tisch. Aus dem Schaft ragte unter dem Hosenbein der Verband heraus, mit dem das Gelenk bandagiert worden war.

Der Dienststellenleiter seufzte. Seine Energie für Aufregungen schien einstweilen verbraucht worden zu sein.

»Schon gut, Sie können Ihren Fuß wieder herunternehmen. – Klären Sie die Todesumstände des Fernsehkochs so schnell wie möglich auf. Ich werde in Oldenburg anrufen und Dampf machen. Die Obduktion muss so schnell wie möglich erfolgen. Falls Kopper eindeutig durch einen Unfall ums Leben gekommen ist, wird sich das hoffentlich beweisen lassen. Finden Sie Verdächtige, die ein Motiv für ein Tötungsdelikt haben und die zur Tatzeit in der Nähe waren und kein Alibi vorweisen können.«

»Wir geben unser Bestes«, versicherte Enno. »Könnten Sie bitte versuchen, uns die Medienmeute vom Hals zu halten?«

»Das will ich gern tun, aber bei dem Tod eines beliebten Prominenten sehe ich da schwarz«, meinte Oltbeck.

Die Besprechung war beendet.

»Jetzt brauche ich erst mal einen Tee«, seufzte der stämmige Ostfriese, als sie das Büro ihres Vorgesetzten verließen.

»Gute Idee«, gab Mona zurück. »Ich habe auch noch ein paar Anisplätzchen in der Schublade. Ein kleiner Zuckerschock könnte uns beim Denken helfen.«

Mit der Aussicht auf etwas Süßes konnte man den Oberkommissar immer ködern. Wenig später saßen die Ermittler in ihrem eigenen Arbeitszimmer an ihren Schreibtischen, die einander gegenüberstanden. Sie ließen sich den Tee mit Kandis und Sahne sowie die Kekse schmecken, während sie ihre Informationen miteinander abglichen.

»Erzähl mir von Kopper«, bat Mona. »Du wirst ja bemerkt haben, dass er mir unsympathisch war. Aber dein Blickwinkel dürfte ein anderer sein.«

»Ja, bei dir weiß jeder sofort, woran er ist. Ich möchte dich nicht zur Feindin haben«, gab Enno schmunzelnd zurück. Er wurde ernst, während er fortfuhr: »Natürlich ist mir nicht entgangen, dass Tiemo Kopper ein richtiges Großmaul geworden ist. Während unserer Schulzeit war er ganz anders, schüchtern und voller Pickel. Weißt du, wie die anderen ihn genannt haben? *Streuselkuchen.*«

Mona seufzte.

»Ja, Mobbing muss es damals schon gegeben haben. Auch, wenn sich unter dem Begriff niemand etwas vorstellen konnte.«

»Tiemo zog sich zurück«, sagte Enno. »Während wir Fußball spielten, blieb er daheim und half seiner Mutter beim Kochen und Backen. Als das herauskam, wurde es noch viel schlimmer mit der Hänselei. Einige Dummköpfe wollten Tiemo sogar verprügeln.«

»Und dazu kam es nicht?«

»Kann sein, dass ich ihn ein wenig beschützt habe«, brummte Enno. Die Kommissarin nickte. Sie kannte alte Fotos ihres Kollegen. Der Ostfriese war in seiner Jugend noch nicht so dick, aber schon so groß gewesen wie jetzt. Und Enno mochte keine Ungerechtigkeiten, aus diesem Grund war er Polizist geworden. Mona konnte sich lebhaft vorstellen, dass er schon als Jugendlicher für einen Schwächeren Partei ergriffen hatte.

Umso schäbiger fand sie im Nachhinein Koppers Verhalten seinem ehemaligen Schulkameraden gegenüber. Ob der Starkoch verdrängt hatte, dass Enno für ihn da gewesen war? Oder hatte Kopper sich so mies benommen, weil der Anblick des Oberkommissars ihn an dunkle Zeiten in seinem Leben erinnerte? Diese Frage würde sich wohl nie klären lassen.

Ennos Stimme riss sie aus ihren Betrachtungen.

»Irgendwie gelang es Tiemo, die Schule abzuschließen. Mit sechzehn verließ er Borkum. Ich hörte, dass er in Emden eine Kochlehre begann. Es kann auch Leer oder Aurich gewesen sein, keine Ahnung. Tiemo ist niemals nach Borkum zurückgekehrt, bis zum gestrigen Tag. Ehrlich gesagt wusste ich gar nicht, dass er so eine beliebte Kochsendung im Fernsehen hat.«

»Lebst du auf dem Mond?«, fragte Mona in ihrer direkten Art. »Selbst, wenn man *Koppers Küche* nicht anschaut, hat man sein Gesicht doch schon in den Medien gesehen.«

»Ich nicht«, behauptete der Oberkommissar. »Und was Essen angeht, da sind Birtes Kochkünste für mich unübertroffen.«

Mona musste schmunzeln. Enno liebte seine Frau auch nach so vielen Ehejahren immer noch heiß und innig, wozu zweifellos auch ihre gute ostfriesische Hausmannskost beitrug. Und eine Birte Moll wäre niemals auf die Idee gekommen, einen Kugelfisch auf den Tisch zu bringen.

Dieser Gedanke brachte Mona auf einen anderen Aspekt der Ermittlung.

»Als ich gestern Abend nicht sofort einschlafen konnte, habe ich mich im Internet noch über Kugelfische schlaugemacht, Enno. Jeder, der diese Tiere zubereitet, spielt mit seinem Leben. Das Gift des Kugelfischs heißt Tetrodotoxin und kommt im ganzen Körper des Tieres vor. Besonders die Leber und die inneren Organe sind buchstäblich randvoll davon. Die Wirkung des Giftes setzt sehr schnell ein, es kommt zu Lähmungen des Herzmuskels und anderer Organe.«

»Wenn Tiemo also wirklich an Tetrodotoxin gestorben ist, wird sich das bei der Obduktion eindeutig nachweisen lassen.«

»Ja, Enno. Es gibt aber noch einen anderen Gesichtspunkt, den ich bemerkenswert finde: Die Einfuhr und Zubereitung von Kugelfischen ist in Deutschland verboten!«

Der Oberkommissar hob seine buschigen Augenbrauen.

»Wirklich? Das war mir nicht bekannt.«

»Mir auch nicht, aber ich habe es noch einmal nachgeschlagen«, versicherte Mona. »Die Vorschriften sind eindeutig. Aufgrund des hohen Giftgehalts dieser Tiere dürfen sie nicht importiert und erst recht nicht zum Verzehr vorbereitet werden.«

Enno tippte mit seinem Bleistift auf die grüne Schreibtischunterlage.

»Mein ehemaliger Klassenkamerad muss von diesem Verbot gewusst haben. Da stellt sich mir doch die Frage, warum er trotzdem dieses Gericht gekocht hat. Und dann auch noch vor laufenden Fernsehkameras.«

»Ich habe dazu eine Meinung, aber die wird dir nicht gefallen«, mutmaßte die Kommissarin. Ihr Kollege machte eine auffordernde Handbewegung.

»Ich habe dir bisher noch niemals den Kopf abgerissen, wenn wir unterschiedlicher Meinung waren.«

»Dann will ich hoffen, dass du mich auch diesmal verschonst«, erwiderte Mona schmunzelnd. Dann fuhr sie ernsthaft fort: »Koppers Starruhm könnte ihm zu Kopf gestiegen sein. Er wollte diesen Kugelfisch bewusst zubereiten, um dadurch einen Skandal zu verursachen. Womöglich hoffte er sogar darauf, dass wir ihn auf offener Bühne verhaften würden. Kannst du dir vorstellen, was es danach für einen Medienrummel gegeben hätte?«

Der stämmige Ostfriese verschränkte die Arme vor der Brust und senkte den Kopf. Die Kommissarin befürchtete schon, dass sie ihn wirklich verärgert hätte. Dieser Gedanke ließ ihr das Herz in die Hose rutschen. Enno war ihr wichtig, wichtiger vielleicht als jeder andere Mensch auf der Welt. Womöglich nahm er es ihr übel, dass sie solche Vermutungen über seinen toten Schulfreund anstellte. Trotz seines grobschlächtigen Äußeren war Enno nämlich sehr sensibel, die meisten Menschen erkannten es nur nicht.

Nach einer Weile blickte er Mona direkt in die Augen.

»Ja, du hast recht. Nun ergibt die ganze Geschichte für mich einen Sinn.«

Sie konnte ihre Erleichterung nicht verbergen.

»Also bist du nicht böse auf mich?«

»Nein, auf keinen Fall. Unsere Aufgabe besteht doch darin, die Wahrheit ans Tageslicht zu bringen. Und ich denke, dass du auf der richtigen Spur bist, Mona. Wahrscheinlich sind diese Drohungen gegen Tiemo frei erfunden. Die Managerin hat um Polizeischutz gebeten, damit wir bei der Kochshow anwesend sind. Wahrscheinlich hat sie darauf spekuliert, dass wir sofort einschreiten, wenn Tiemo mit einem hierzulande verbotenen Fisch zu hantieren beginnt.«

Mona seufzte.

»So gern ich dir auch zustimmen würde – die Geschichte hat trotzdem einen Haken. Weder dir noch mir war gestern Abend dieses Kugelfisch-Verbot bekannt. Weder Paula Wiesner noch Tiemo Kopper konnten davon ausgehen, dass uns diese sehr spezielle Gesetzeslage vertraut ist. Anders wäre es gewesen, wenn der Koch auf der Bühne mit Heroin oder Crack hantiert hätte.«

»Stimmt, daran hatte ich nicht gedacht«, gab Enno zu.

»Hinzu kommt die Flucht dieser Dunkelhaarigen, die in irgendeiner Beziehung zu Kopper gestanden haben muss.«

Mona berichtete dem Oberkommissar, was sie von Berit Gelbmann erfahren hatte. Dass eine Fahndung nach der brünetten Verdächtigen lief, wusste ihr Kollege bereits.

»Also könnte Eifersucht ein Motiv sein?«, dachte er laut nach. »Diese junge Frau mit den dunklen Haaren will der Gelbmann ihren Starkoch abspenstig machen. Doch Tiemo will bei seiner Berit bleiben. Daraufhin sinnt die Verschmähte auf Rache und manipuliert die Kochzutaten so, dass Tiemo beim Abschmecken sterben muss.«

»Ja, deine Theorie könnte stimmen«, gab die Kommissarin zurück. »Wir müssen sowieso nochmal zum Hotel Teutonia und uns vor Ort anschauen, wer vor der Show Zugang zur Bühne und den Utensilien hatte.«

»Und wie schätzt du Berit Gelbmann selbst ein, Mona? Sie war ja ziemlich betrunken, als du sie unter deine Fittiche genommen hast.«

»Irgendwie kommt die Frau mir nicht ganz astrein vor. Ich habe gestern Abend ihren Namen durch diverse Suchmaschinen laufen lassen. Sie scheint wohl wirklich mal als Fotomodell gearbeitet zu haben. Bei der Agentur, von der sie vertreten wird, ist die Gelbmann aber nicht unbedingt ein Star. Ihr letztes Fotoshooting ist acht Monate her, wenn ich das richtig verstanden habe. Und das war auch nur ein Bild für eine Supermarkt-Kundenzeitschrift, für das sie sich als Bäckerei-Fachverkäuferin verkleiden musste. Ich glaube, für ein Model ist sie schon ziemlich alt. Und falls sie öfter zu tief ins Glas schaut, wird ihre Karriere dadurch auch nicht gerade gefördert.«

»Also wurde sie von Kopper ausgehalten?«

»Das vermute ich sehr stark, Enno. Falls das wirklich so sein sollte, würde sie sich durch eine Ermordung ihres Lebensgefährten ins eigene Fleisch schneiden. Abgesehen davon kam mir ihre Trauer angesichts seines Todes sehr glaubwürdig vor.«

»Einverstanden«, gab der Oberkommissar zurück. »Doch du weißt auch, dass letztlich nur die Fakten zählen. Und falls Tiemo seiner Freundin aus irgendwelchen Gründen den Geldhahn zudrehen wollte, könnte man daraus ebenfalls ein Mordmotiv ableiten.«

Bevor Mona etwas erwidern konnte, stieß Grietje die Bürotür auf – wie üblich, ohne anzuklopfen. Die Polizeimeisterin wedelte mit der Hand, als ob sie sich verbrannt hätte.

»In eurer Haut möchte ich jetzt nicht stecken!«, sagte sie. Die Kommissarin runzelte die Stirn.

»Kannst du dich bitte etwas deutlicher ausdrücken?«

»Hier ist eben eine Gewitterziege angerückt, die sich als Paula Wiesner vorgestellt hat. Dr. Dietrichs ist bei ihr, dieser Winkeladvokat aus Emden. Und sie hat lautstark verkündet, dass sie sich beim Chef über euch beide beschweren möchte.«

Monas Augen blitzten kampflustig, während sie aufsprang.

»Ach, ist das so? Meinetwegen, ich habe nämlich auch ein paar Fragen an die saubere Dame!«

Und bevor Enno sie zurückhalten konnte, eilte die Kommissarin zu Oltbecks Arbeitszimmer, klopfte und trat ein. Die Managerin und der Anwalt hatten auf den Besucherstühlen des Dienststellenleiters Platz genommen. Mona kannte Dr. Lothar Dietrichs von früheren Kriminalfällen. Er war ein ziemlich erfolgloser Strafverteidiger. Vermutlich hatte Frau Wiesner so schnell keinen anderen Rechtsbeistand bekommen können, der gleich mit der ersten Morgenfähre nach Borkum geeilt war. Mit seiner dicken Hornbrille und dem unmodischen Anzug erinnerte Dr. Dietrichs die Ermittlerin an einen Lehrer aus einer Filmkomödie vergangener Jahrzehnte.

Oltbeck warf ihr einen missbilligenden Blick zu.

»Frau Sander, was fällt Ihnen ein …?«

»Ich will nicht lange stören«, gab die Kommissarin mit Unschuldsmiene zurück. »Wenn Ihr Gespräch beendet ist, möchte ich ebenfalls mit Frau Wiesner reden. Es geht um ihre mögliche Verstrickung in eine Straftat, vielleicht sogar in ein Tötungsdelikt.«

Die Managerin fiel aus allen Wolken. Sie hatte sich halb umgedreht und zeigte mit dem Finger anklagend auf Mona. An diesem Morgen sah Paula Wiesner in ihrem schwarzen Kostüm besonders respekteinflößend aus, doch Mona ließ sich nicht so schnell ins Bockshorn jagen. Allerdings fragte die Ermittlerin sich innerlich, warum die Managerin Trauerkleidung eingepackt hatte. War sie davon ausgegangen, dass jemand bei dem Auftritt im Hotel Teutonia sterben würde? Oder gehörte sie zu den Menschen, die generell gern schwarze Textilien tragen?

»Jetzt hören Sie selbst, wie unverschämt und inkompetent Ihre Mitarbeiterin ist, Herr Oltbeck!«, rief Paula Wiesner anklagend.

»Oh, so inkompetent bin ich gar nicht.« Monas Stimme war schneidend. »Mir ist bekannt, dass sowohl der Import als auch die Zubereitung von Kugelfisch in Deutschland unter Strafe stehen. Ich muss Sie fragen, ob Ihnen bekannt war, dass Herr Kopper gestern diese illegale japanische Spezialität kochen wollte. Außerdem interessieren wir uns sehr für seine Bezugsquelle.«

Die Kommissarin hörte, dass Enno nun ebenfalls eingetreten war und sich neben sie stellte. Sie hätte diesen Kampf auch allein ausgefochten. Trotzdem war es ein gutes Gefühl, ihn an ihrer Seite zu wissen.

Monas Vorstoß kam für die Managerin offenbar völlig unerwartet. Sie hatte den Mund geöffnet und starrte die Kommissarin an, als ob sie einen Geist sehen würde. Dr. Dietrichs kam seiner Mandantin zu Hilfe: »Das sind schwerwiegende Anschuldigungen, Frau Sander. Können Sie Ihre Behauptungen beweisen?«

»Ich habe niemanden beschuldigt«, stellte Mona klar. »Es ist natürlich denkbar, dass Tiemo Kopper den Kugelfisch hinter dem Rücken seiner Managerin beschafft hat. Außerdem ist das Verbot dieser giftigen Tiere gewiss nicht allgemein bekannt. Aber wenn Sie mich fragen, dann steht ihr das schlechte Gewissen ins Gesicht geschrieben!«

Mona kam sich selbst ein wenig theatralisch vor, als sie nun ihrerseits auf die Managerin deutete. Die Kommissarin bekam Oberwasser. Offensichtlich hatte Paula Wiesner nicht damit gerechnet, dass jemand sie wegen dem illegalen Fisch zur Verantwortung ziehen würde. Oder war sie wirklich ahnungslos? Das konnte Mona sich nicht vorstellen.

»Äh, für die Beschaffung der Zutaten war Herr Kopper selbst zuständig«, stammelte die Managerin. Aber so leicht ließ die Ermittlerin sie nicht davonkommen.

»Schön, dann wird es gewiss Lieferscheine geben. Mein Kollege und ich werden die Dokumente prüfen. Und wenn sich dort Ihre Unterschrift findet, dann …«

»Also gut, ich gebe es zu!«

Frau Wiesner fiel Mona ins Wort.

Das ging ja schneller als erhofft, dachte die Kommissarin. Sowohl Oltbeck als auch der Rechtsanwalt schauten die Managerin verblüfft an. Als Paula Wiesner wegen ihrer Beschwerde auf der Polizeistation erschienen war, hatte sie sicher nicht damit gerechnet, dass Mona den Spieß einfach umdrehen würde.

Der Strafverteidiger hob einen Finger.

»Sie sollten das Reden jetzt besser mir überlassen, Frau Wiesner.«

Aber die Managerin war nicht mehr zu bremsen: »Ja, ich wusste von dem Kugelfisch. Und mir war auch bekannt, dass diese Viecher in Deutschland nicht verzehrt werden dürfen. Wir haben die Ware tiefgekühlt von einem belgischen Großhändler bezogen, aus Antwerpen. Ich redete mit Engelszungen, um Tiemo von seinem Vorhaben abzubringen. Sie haben ihn nicht gekannt.«

»Ich schon, wir sind zusammen zur Schule gegangen«, warf Enno ein.

Paula Wiesner schaute ihn irritiert an.

»Ach, wirklich? Jedenfalls hatte Tiemo einen ganz ausgeprägten Dickkopf. Ich weiß nicht, ob alle Ostfriesen so sind. Er hielt dieses Verbot des Kugelfischs für völlig unzeitgemäß. Voriges Jahr gastierten wir in Japan, und damals hat er diese Spezialität erstmals gegessen. Seitdem träumte er davon, Kugelfische in die ostfriesische Küche zu integrieren.«

Das ist ja gründlich schiefgegangen. Diese Bemerkung konnte Mona noch schnell herunterschlucken. Stattdessen konzentrierte sie sich auf die Aufklärung des Todesrätsels.

»Wer außer Ihnen wusste denn noch, dass Herr Kopper in seiner Show illegale Ware verarbeiten wollte?«

Die Managerin zuckte mit den Schultern.

»Der Kameramann, der Regisseur … im Grunde die ganze Filmcrew. Verstehen Sie, wir rechneten ja mit einem Polizeieinsatz. Die Mitarbeiter sollten also vorbereitet sein, damit unter ihnen keine Panik ausbrach. Ob Tiemo mit seiner Freundin darüber gesprochen hat, kann ich Ihnen nicht sagen.«

Mona beschrieb die geflüchtete Dunkelhaarige und fragte, ob die Managerin die junge Frau schon einmal gesehen hätte.

Paula Wiesner schüttelte den Kopf.

»Nein, mit so auffälliger Kleidung hätte ich sie bestimmt bemerkt.«

Enno öffnete den Mund.

»Eine Sache verstehe ich nicht, Frau Wiesner. Wenn ich Sie richtig verstanden habe, rechneten Sie fest mit einem polizeilichen Einschreiten. Dann muss Ihr Vertrauen in unsere Gesetzeskenntnis ja sehr groß sein. Ich verfüge beispielsweise über sehr viel Diensterfahrung, aber mir ist nicht jede einzelne Verordnung des Lebensmittelrechts geläufig.«

Die Managerin wich dem Blick des hochgewachsenen Ostfriesen aus.

»Ehrlich gesagt wollten wir uns nicht darauf verlassen, dass Sie den giftigen Fisch erkennen und eingreifen würden. Deshalb habe ich kurz vor der Sendung eine anonyme Mail an die Polizeistation Borkum senden lassen.«

»Eine solche Nachricht ist hier niemals angekommen«, stellte der Dienststellenleiter klar. »Wir prüfen jede Nachricht, die hier eingeht, sehr sorgfältig. Allerdings gab es während der Nacht eine stundenweise Störung des Mailservers der niedersächsischen Polizei. Womöglich ist Ihre Nachricht während dieses Zeitfensters verschwunden.«

»Mich interessiert auch, ob es wirklich Drohungen gegen den Starkoch gab«, betonte Mona. »Oder haben Sie die frei erfunden, damit auf jeden Fall Polizisten im Saal sind?«

»Nein, es gab wirklich Anfeindungen übelster Art, allerdings anonym«, erwiderte Paula Wiesner. »Ich habe bei Ihren Hamburger Kollegen bereits Strafanzeige gegen unbekannt gestellt, das können Sie gern überprüfen.«

Das werden wir tun, keine Sorge, dachte Mona. Sie sagte: »Haben Sie persönlich einen Verdacht, wer Tiemo Kopper nach dem Leben getrachtet haben könnte? Noch können wir ein Verbrechen nicht ausschließen, obwohl nach wie vor auch ein Unfall in Betracht kommt.«

»Ein Versehen halte ich für ausgeschlossen«, betonte die Managerin. »Und Ihre Frage nach Feinden lässt sich schwer beantworten. Erfolgreiche Menschen haben stets viele Neider, von denen einige auch zur Gewalt greifen würden. Es gibt allerdings einen Mann, dem ich die nötigen kulinarischen Kenntnisse zutraue, um die Kochzutaten manipulieren zu können. Er heißt Leo Knecht.«

»Ist das nicht auch ein TV-Koch?«, vergewisserte Oltbeck sich.

Die Managerin nickte.

»Ja, Knecht hatte ebenfalls eine Küchenshow. Aber sein Format *Leos Gaumen* brachte nur noch miese Einschaltquoten, nachdem Tiemo mit *Koppers Küche* startete. Der TV-Sender hat Knechts Sendung abgesetzt. Dafür macht er Tiemo verantwortlich. Neulich schüttete er bei einem Empfang in München meinem Klienten Champagner ins Gesicht. Seitdem ist Knecht in der Branche natürlich erst recht untendurch.«

»Wir werden überprüfen, ob dieser Mann sich überhaupt auf Borkum befindet und für die Zeit vor der Fernsehaufzeichnung ein Alibi hat«, kündigte Mona an. Paula Wiesner nickte, dann gab sie sich einen Ruck und wandte sich an Oltbeck:

»Hören Sie, ich bin womöglich voreilig gewesen. Wahrscheinlich kann man Ihren Beamten gar keinen Vorwurf machen. Tiemo Koppers Tod hat mich ein wenig aus der Bahn geworfen. Daher möchte ich meine Beschwerde zurückziehen, wenn sich das einrichten lässt.«

»Darin sehe ich kein Problem«, erwiderte der Dienststellenleiter. Mona konnte ihm die Erleichterung deutlich ansehen.

»Wir müssen womöglich später noch einmal mit Ihnen sprechen, momentan werden wir uns wieder den Ermittlungen widmen«, sagte Enno zu der Managerin und gab ihr seine Visitenkarte. Die Kommissarin und ihr Kollege wollten gerade in ihr Büro zurückkehren, als Grietje schon wieder aus Richtung Wachlokal auf sie zugelaufen kam.

»Hat der Chef euch gerade den Marsch geblasen? Egal, es gibt jetzt eine gute Nachricht: Aiske und Claas haben diese dunkelhaarige Verdächtige festgenommen und bringen sie hierher!«

Kapitel 4

Die Inselkommissare mussten sich nicht lang gedulden. Bei der mürrischen jungen Frau, die wenig später von den uniformierten Polizisten hereingebracht wurde, handelte es sich wirklich um die Verdächtige vom Vorabend. Sie sah müde und etwas schmutzig aus. Ob sie die Nacht im Freien zugebracht hatte? Diese und andere Fragen würde Mona ihr schon bald stellen können.

Während die Frau von Polizeimeisterin Aiske Berend in einem separaten Raum durchsucht und erkennungsdienstlich behandelt wurde, erzählte ihr Kollege den Ermittlern von der Festnahme:

»Wir haben routinemäßig das Ortszentrum bestreift, als uns die Verdächtige an der Hindenburgstraße auffiel. Sie drehte sich um und wurde sichtlich nervös, als sie unser Einsatzfahrzeug bemerkte. Natürlich hatten wir deine Personenbeschreibung dabei, Mona. Sie wurde schneller. Als ich zu ihr aufschließen wollte, rannte sie plötzlich los. Ich forderte sie über Lautsprecher zum Stehenbleiben auf, doch sie hörte nicht. Aiske stieg aus und nahm zu Fuß die Verfolgung auf, während ich im Auto blieb und ihr den Weg abzuschneiden versuchte.«

»Wohin lief sie, Claas?«

»Am ehemaligen Wasserturm vorbei Richtung Reitstall. Ich dachte mir, dass sie hinunter zum Strand wollte. Falls sie Aiske in den Dünen abgeschüttelt hätte, hätten wir schlechte Karten gehabt. Aber ich war ja mit meiner Kollegin über Funk verbunden. Aiske gab mir durch, dass die Verdächtige sich in östlicher Richtung bewegte. Darauf hatte ich gehofft. Ich fuhr mit dem Streifenwagen so nahe wie möglich an das Haus Sturmeck heran. Die Frau erschien wirklich schon bald auf dem schmalen Dünenweg, der zu dem Lokal führt. Als die Dunkelhaarige mich bemerkte, war es schon zu spät. Ich stellte mich ihr in den Weg. Als sie mich vor sich und Aiske hinter sich hatte, erkannte sie die Ausweglosigkeit ihrer Lage. Sie ließ sich widerstandslos festnehmen und machte auch später im Auto keine Schwierigkeiten.«

»Das hört man gern«, gab Mona zurück. »Konntet ihr die Personalien feststellen?«

»Ja. Die Frau heißt Kathrin Lorenz und wurde vor zweiundzwanzig Jahren in Hamburg geboren. Ich habe schon eine POLAS-Abfrage gemacht, gegen sie liegt aktuell nichts vor. Ihr Personalausweis ist echt.«

»Gute Arbeit«, sagte Enno und klopfte dem jungen Kollegen auf die Schulter. Es dauerte nicht lange, bis Kathrin Lorenz zu den Ermittlern in den Verhörraum gebracht wurde. Die Kleidung der jungen Frau war nicht klatschnass, aber feucht. Mona wusste, dass es nachts geregnet hatte. Wahrscheinlich war die Verdächtige draußen unterwegs gewesen. Inzwischen schienen ihre Klamotten dank des Windes zumindest etwas getrocknet zu sein.

Die Kommissarin stellte Enno und sich selbst vor. Dann fragte sie: »Möchten Sie trockene Kleider zum Wechseln, Frau Lorenz? Wir könnten Ihnen einen Trainingsanzug anbieten.«

Die Dunkelhaarige hatte trotzig die Arme vor der Brust verschränkt.

»Nein, danke. Ich möchte jetzt wissen, warum die Polizei mich überhaupt festgenommen hat.«

»Wir ermitteln die Todesumstände von Tiemo Kopper«, erklärte der Oberkommissar. Kathrin Lorenz biss sich auf die Unterlippe, ihre Augen schimmerten feucht.

»Damit habe ich nichts zu tun«, erwiderte sie mit brüchiger Stimme. Mona runzelte die Stirn. Die Trauer der Verdächtigen war unverkennbar. Konnte man diese Stimmung auf die Verhaftung zurückführen? Oder gab es dafür einen ganz anderen Grund?

»Ich glaube Ihnen nicht«, sagte die Kommissarin. »Erkennen Sie mich gar nicht wieder? Ich habe Sie gestern verfolgt, als Sie unmittelbar vor der Aufzeichnung von Herrn Koppers Sendung aus dem Hotel Teutonia geflohen sind. Sie blieben auch nicht stehen, als ich Sie rief.«

»Jeder kann *Polizei!* rufen. Woher hätte ich wissen sollen, dass Sie nicht einfach nur eine Irre sind?«

»Also geben Sie zu, dass Sie Reißaus genommen haben?«, bohrte Mona nach.

»Ja, verflucht. Das macht mich aber noch lange nicht zur Mörderin.«

»Warum haben Sie den Saal überhaupt so schnell verlassen?«

»Ich hatte plötzlich keine Lust mehr auf diesen Kochzirkus, wollte lieber am Strand spazieren gehen, Frau Sander.«

Mona verzog den Mund.
»Und dort hat Sie der Regen überrascht, und Sie wurden nass wie eine Katze. Haben Sie kein Hotel- oder Pensionszimmer auf Borkum?«
Kathrin Lorenz erwiderte nichts.
»Keine Antwort ist auch eine Antwort«, stellte Mona fest. »Wir finden es sowieso heraus. Ich sage Ihnen, warum Sie nicht in Ihr Zimmer zurückkehrten. Sie befürchteten, dass die Polizei Sie dort finden würde.«
»Woher wissen Sie überhaupt, dass Tiemo Kopper nicht mehr lebt?«, warf Enno ein. »Wie meine Kollegin schon sagte, verschwanden Sie aus dem Saal, als er noch lebte.«
»In den sozialen Medien gibt es seit Stunden kaum noch ein anderes Thema«, murmelte Kathrin Lorenz. »Ich habe mein Smartphone bei mir. – Und ich sage Ihnen, dass Sie sich irren. Ich bin bestimmt nicht für Tiemo Koppers Tod verantwortlich.«
»Wirklich nicht?«, hakte Mona skeptisch nach. »Und warum sollten wir Ihnen glauben?«
»Weil er mein Vater war!«, rief die junge Frau und begann bitterlich zu weinen. Die Ermittler gaben ihr Zeit, sich wieder zu beruhigen. Währenddessen dachte Mona über die Behauptung nach. Ob Tiemo Kopper wirklich der leibliche Vater dieser Verdächtigen war, ließ sich mithilfe eines DNA-Tests leicht beweisen. Doch was für Schlussfolgerungen konnte man daraus ziehen? Es gab leider auch immer wieder Menschen, die ihre eigenen Eltern oder Kinder töteten. Der nahe Verwandtschaftsgrad allein machte Kathrin Lorenz noch nicht automatisch unverdächtig.
Die Kommissarin reichte der jungen Frau ein Papiertaschentuch.
»Danke, Frau Sander.«
Kathrin Lorenz trocknete ihre Tränen und schnaubte aus.
»Erzählen Sie uns von Ihrem Vater«, bat Mona.
»Das würde ich, wenn ich es könnte! Bis vor wenigen Monaten wusste ich noch gar nicht, dass Tiemo Kopper mich gezeugt hat.«
»Jedenfalls tragen Sie nicht seinen Nachnamen«, stellte Enno fest.
Kathrin Lorenz nickte düster.
»Meine Mama hat mich allein großgezogen. Tiemo Kopper war damals bereits mit seiner Ulrike verheiratet, wie ich später herausfand. Ich will nicht behaupten, dass es immer einfach für meine Mutter war. Ich bin nicht immer ein braves Kind oder ein

pflegeleichter Teenager gewesen. Vor einem halben Jahr ist meine Mutter an Krebs verstorben. Sie hat nie mit mir über meinen Vater geredet. Als ihre einzige Tochter bin ich Alleinerbin. Und als ich Mamas Unterlagen durchschaute, fand ich einen ganzen Schuhkarton voll mit Liebesbriefen.«

»Ich vermute, dass sie von Tiemo Kopper stammten?«

»Richtig, Frau Sander. Die Briefe sind aus der Zeit vor meiner Geburt. Darin stand, dass Kopper damals schon verlobt war und sich trotz seiner Gefühle gegen meine Mutter entscheiden wollte. Immerhin war er bereit, für meinen Unterhalt aufzukommen. Und zwar ziemlich großzügig. Er stellte allerdings die Bedingung, dass Mama seinen Namen verschwieg und ich ihn niemals sehen durfte.«

»Werden Sie momentan noch von Tiemo Kopper finanziell unterstützt?«

Die junge Frau beantwortete Monas Frage mit einem Kopfnicken.

»Ja, aber ich fühle mich nicht mehr an die Abmachung zwischen meinem Vater und meiner Mutter gebunden. Als ich auf Tiemo Koppers Fanseite im Internet von der Aufzeichnung seiner Kochsendung auf Borkum las, erschien mir der Termin als eine gute Gelegenheit für ein persönliches Kennenlernen. Also reiste ich hierher.«

»So weit kann ich alles nachvollziehen«, meinte die Kommissarin. »Ich verstehe nur nicht, weshalb Sie dann plötzlich weggelaufen sind.«

»Ich bekam kalte Füße. Sehen Sie, ich bin zweiundzwanzig Jahre lang sehr gut ohne meinen Vater ausgekommen. Er ist – war – ein Star, einer der bekanntesten deutschen Spitzenköche. Was gibt es zwischen uns für Gemeinsamkeiten? Ich kann nicht kochen, mein Lieblingsgericht ist Tiefkühlpizza.«

»Sie änderten also plötzlich Ihre Absichten?«, hakte Enno nach.

»Ja, richtig. Ich lief zum Strand hinunter und schaute ein paar Stunden lang einfach nur auf die Wellen und lauschte dem Wind. Als ich in mein Pensionszimmer zurückkehren wollte, schaute ich kurz auf mein Smartphone. In den sozialen Medien war der Teufel los, die Nachricht vom Tod meines Vaters auf offener Bühne überragte alle anderen Themen. Ich bekam Angst, dass die Polizei mich verdächtigen könnte. Also ging ich nicht auf mein Zimmer, sondern schlug mir die Nacht im Freien um die Ohren.«

»Warum sind Sie nicht mit der ersten Morgenfähre nach Emden geflüchtet?«, wollte die Kommissarin wissen. »Das Schiff ist schon vor zwei Stunden ausgelaufen.«

»Ich dachte mir, dass Sie auch den Fährhafen überwachen würden.«

Und damit liegst du richtig, dachte Mona. Sie sagte: »Und wie lange wollten Sie über die Insel irren?«

»Ich weiß nicht … ich konnte keinen klaren Gedanken fassen. Ich habe meinen Vater nicht getötet, das müssen Sie mir glauben.«

Mona warf der jungen Frau einen scharfen Blick zu.

»Also hatten Sie überhaupt keinen Kontakt zu Tiemo Kopper?«

»Nein, ich habe mich einfach nicht getraut.«

»Das ist eine Lüge!«, stellte Mona klar. »Wir haben eine Zeugin, die Sie mindestens zweimal im Gespräch mit ihm gesehen hat.«

Diese Neuigkeit schien Kathrin Lorenz zu schocken. Offenbar hatte sie darauf gebaut, dass niemand ihr Stelldichein mit dem Starkoch bemerken konnte. Es dauerte einen Moment, bis sie die Fassung wiedererlangt hatte.

»Äh, ja. Ich ließ es unerwähnt, weil … ich mich nicht verdächtig machen wollte.«

»Und das war ein Schuss in den Ofen«, stellte die Ermittlerin trocken fest. »Es ist nie eine gute Idee, die Polizei anzulügen.«

»Ich weiß, das war dämlich von mir. Ja, ich habe mit meinem Erzeuger gesprochen. Beim ersten Mal leugnete er, meine Mutter zu kennen. Er stellte sich dumm. Ich hatte schon damit gerechnet. Also passte ich ihn noch einmal ab. Plötzlich gab Tiemo Kopper zu, mein Vater zu sein. Ich war ganz überrascht. Er bot mir sofort an, mich finanziell zu unterstützen. Einzelheiten wollte er mit mir nach seiner Show besprechen. Dazu ist es ja nun leider nicht mehr gekommen.«

Es entstand eine kurze Pause. Mona dachte sich ihren Teil. Und sie war sicher, dass es ihrem Kollegen genauso erging. Kathrin Lorenz war nach Meinung der Kommissarin keine Person, der man einfach vertrauen konnte. Die junge Frau hatte garantiert noch mehr zu verbergen.

»Haben Sie etwas dagegen, wenn wir uns in Ihrem Pensionszimmer umsehen?«, fragte Enno.

»Meinetwegen können Sie das tun, ich habe nichts zu verbergen. Ich wohne im *Oude Hus*.«

Mona stand auf.

»Ich lasse Ihnen einen Tee und etwas zum Essen bringen, Frau Lorenz. Wir sind bald zurück.«

Die Ermittler verließen den Verhörraum. Mona wandte sich an ihre Kollegin im Wachlokal:

»Grietje, könntest du der Verdächtigen ein paar Jagdwurststullen und einen Tee bringen?«

»Dein Wunsch ist mir Befehl. – Du humpelst wirklich unübersehbar, Mona. Sollte Enno dich nicht lieber huckepack nehmen?«

»Mein Fuß funktioniert noch gut genug, um dir in den Hintern zu treten. Bis später, wir gehen rüber zum Oude Hus.«

Die Ermittler verließen die Polizeistation. Der Oberkommissar warf seiner Kollegin einen besorgten Blick zu.

»Dein Fuß scheint wirklich nicht in Ordnung zu sein, Mona. Willst du nicht doch lieber zum Arzt gehen?«

Sie zwinkerte ihm zu.

»Ich gebe schon Bescheid, wenn ich von dir getragen werden will. – Nein, ernsthaft, so schlimm ist es nicht. Beim Radfahren tut mein Gelenk fast überhaupt nicht weh.«

»Dann bin ich ja beruhigt. Wenn wir im Zimmer der jungen Frau nichts Verdächtiges finden, müssen wir sie gehen lassen. Wir haben nichts gegen sie in der Hand.«

»Das ist mir auch klar, mein Lieber. Und ich frage mich, wie wir einen Mord überhaupt nachweisen wollen.«

»Du meinst, weil ein Kugelfisch an sich ein hochgiftiges Tier ist?«

»Ganz genau, Enno! Kopper hat mit seinem Leben gespielt, als er die Speise abgeschmeckt hat. Noch kennen wir die Todesursache nicht. Aber falls der Koch wirklich an dem Fischgift gestorben ist …«

» … dann wird auf der Sterbeurkunde als Todesursache ein Unfall vermerkt. Es sei denn, wir finden den Mörder und können ihm die Tat nachweisen.«

»Ich mag es zwar nicht, wenn jemand meine Sätze beendet, aber genau das wollte ich auch sagen«, meinte Mona.

Zum Glück war der Fußweg von der Strandstraße zum Bahnhofspad nicht allzu weit. Die urwüchsige Pension Oude Hus befand sich in Sichtweite des Inselbahnhofs. Als die Kommissare das aus roten Backsteinen gebaute Friesenhaus betraten, wurden sie von der Inhaberin freundlich begrüßt.

»Moin, Mona und Enno«, rief Elske Fokken. »Seid ihr mal wieder im Namen des Gesetzes unterwegs? Dann habt ihr wohl keine Zeit für eine Tasse Tee?«

»Leider nicht«, gab die Ermittlerin zurück. »Wir müssten einen Blick in das Zimmer deiner Mieterin Kathrin Lorenz werfen.«

Die korpulente ältere Dame mit der grauen Dauerwellenfrisur nickte.

»Hat das junge Ding Dreck am Stecken? Das dachte ich mir schon. Ermittelt ihr wegen Tiemo Koppers Tod?«

»Wie kommst du darauf?«, wollte Enno wissen.

»Na, ganz Borkum spricht doch nur noch über den Tod des Kochs auf offener Bühne. Und Kathrin Lorenz hat mich über das Hotel Teutonia ausgefragt, wo das Unglück stattgefunden hat. Ich meine, warum mietet sie sich bei mir ein, wenn sie so viele Dinge über dieses Traditionshaus erfahren will? Woher soll ich wissen, ob die Küche im Teutonia mehrere Ausgänge hat und ob es von der Küche einen direkten Zugang zum Saal gibt? Solche Sachen hat die Lorenz mir aus der Nase ziehen wollen.«

Mona war ganz Ohr.

»Hast du dich erkundigt, warum sie das wissen will?«

»Darauf kannst du wetten. Sie meinte, dass sie Architektur studiert und sich für klassische Nordseebad-Gebäude interessiert. Das kann ja stimmen, denn das Teutonia wurde ja schon zu Kaisers Zeiten erbaut. Und die Zimmer dort sind teuer, während man sich meine Miete auch als kleine Studentin leisten kann. Trotzdem, irgendetwas an der Kleinen kommt mir seltsam vor.«

War also Kathrin Lorenz in die Hotelküche geschlichen, um die Zutaten zu manipulieren? Aber wäre sie dort nicht bemerkt worden? Außerdem hatte Mona sie im Saal erblickt, obwohl das nichts bedeuten musste. Womöglich war die Täterin schon nachmittags am Werk gewesen.

Die Kommissarin wollte diese Überlegungen zurückstellen, bis die kriminaltechnische Untersuchung der Kugelfisch-Überreste vorlag. Sie konzentrierte sich nun auf das Pensionszimmer, das von Elske Fokken in diesem Moment aufgeschlossen wurde.

Mona und Enno streiften sich Latexhandschuhe über. Die Einrichtung unterschied sich nicht von der in anderen günstigen Pensionen der Ferieninsel. Bett, Tischchen, Stühle und Kleiderschrank waren aus hellem Holz. Es gab auch einen kleinen

Fernseher. Gerahmte Bilder an den Wänden zeigten Fischkutter auf hoher See und niedliche Seehunde am Strand.

Die Ermittlerin öffnete den Schrank und durchsuchte ihn. Kathrin Lorenz hatte nicht viele Textilien mitgebracht, es reichte nur für wenige Tage. Mona drehte sich zu der Wirtin um, die sich gegen den Türrahmen gelehnt hatte.

»Für wie lange hast du das Zimmer vermietet, Elske?«

»Die Kleine ist vorgestern angereist und wollte bis Samstag bleiben.«

»Also eine Woche«, sagte die Kommissarin zu sich selbst. Sie fuhr mit den Fingern zwischen zwei zusammengelegte T-Shirts und fühlte ein festes Blatt Papier.

Es war eine Geburtsurkunde.

Mona schob nachdenklich die Unterlippe vor. Enno kam zu ihr herüber, und sie zeigte ihm das Dokument.

»Tiemo ist als Vater eingetragen«, stellte der Oberkommissar fest. »Ich frage mich, warum die junge Frau diese Urkunde überhaupt mitgebracht hat. Und warum trug sie diesen Nachweis nicht bei sich, sondern bewahrte ihn im Schrank auf?«

»Womöglich hat Kathrin Lorenz uns nicht die ganze Wahrheit gesagt, Enno. Wenn Tiemo Kopper bei ihrer ersten Begegnung noch widerspenstig war, könnte sie beim zweiten Treffen das amtliche Dokument als Beweisstück bei sich gehabt haben.«

Der stämmige Ostfriese kratzte sich im Nacken.

»Du meinst, dass die Verdächtige Tiemo mithilfe der Geburtsurkunde unter Druck setzen wollte? Gut, das wäre eine Möglichkeit. Dann wird sie das Opfer aber garantiert nicht vergiftet haben, denn tote Männer zahlen nicht.«

Die Ermittlerin musste unwillkürlich grinsen.

»*Tote Männer zahlen nicht* – das wäre ein toller Titel für einen Krimi. Lass uns die Durchsuchung fortsetzen. Selbst wenn wir nichts weiter finden, habe ich jetzt schon einige drängende Fragen an Kathrin.«

Die Inselkommissare entdeckten keine weiteren Gegenstände, die sie mit Koppers Tod in Verbindung bringen konnten. Mona und Enno bedankten sich bei der Pensionswirtin, und sie schloss das Zimmer wieder ab.

»Muss ich mir Sorgen machen?«, fragte Elske Fokken zum Abschied. »Wird diese junge Frau mir das Dach über dem Kopf anzünden?«

»Momentan liegt nichts gegen sie vor«, antwortete die Kommissarin wahrheitsgemäß. »Wir behalten sie im Auge, darauf kannst du dich verlassen.«

»Aiske hat bei Kathrins Durchsuchung ihr Smartphone sichergestellt«, sagte Enno, während die Ermittler den schmalen Bahnhofspad in Richtung Polizeistation gingen. »Womöglich enthält es verräterische Informationen. Ohne handfeste Verdachtsmomente wird uns aber kein Richter die Sichtung der Daten genehmigen.«

»Da stimme ich dir zu, mein Lieber. Ich hoffe aber, diesem Früchtchen mithilfe der Geburtsurkunde ein Geständnis entlocken zu können.«

Der Oberkommissar hob seine buschigen Augenbrauen.

»Wir waren uns doch einig, dass Kathrin Tiemo nicht getötet hat.«

»Ich habe nicht von einem Mordgeständnis gesprochen.«

»Dann bin ich mal gespannt, was für Pfeile du im Köcher hast«, gab Enno schmunzelnd zurück.

»Mein wichtigstes Argument halte ich in der Hand.«

Mona hob die Plastikhülle, in die sie die Geburtsurkunde geschoben hatte.

Als die Inselkommissare erneut den Verhörraum betraten, standen ein leerer Teller und ein Teebecher auf dem Tisch. Kathrin Lorenz hatte sich offensichtlich inzwischen gestärkt.

Die Kommissarin setzte eine amtliche Miene auf, als sie der Verdächtigen gegenüber Platz nahm. Enno blieb neben ihr stehen, lehnte sich gegen die Wand und verschränkte die Arme vor seinem mächtigen Brustkorb.

»Wir vernehmen Sie jetzt als Beschuldigte einer Straftat, Frau Lorenz. Alles, was Sie sagen, kann vor Gericht gegen Sie verwendet werden. Sie müssen nicht ohne juristischen Beistand mit uns reden. Ihnen kann ein Pflichtverteidiger gestellt werden, wenn Sie sich keinen Anwalt leisten können.«

Die junge Frau riss die Augen auf. Mit dieser Entwicklung hatte sie offenbar nicht gerechnet.

»Was soll das, Frau Sander? Ich habe meinen Vater nicht getötet!«

Mona schüttelte den Kopf.

»Das habe ich auch nicht behauptet. Wir werfen Ihnen Erpressung oder versuchte Erpressung vor. Inwieweit bereits Geld von Tiemo Kopper an Sie geflossen ist, werden die weiteren Ermittlungen zeigen.«

»Sie spinnen wohl!« Die Verdächtige tippte mit dem Zeigefinger gegen ihre Stirn. »Wie kommen Sie darauf, dass ich meinen Papa erpressen wollte?«

Enno mischte sich ein.

»Sind Sie sicher, dass Sie die Befragung ohne einen Anwalt fortsetzen möchten?«

»Ja, zum Henker! Ich bin unschuldig, ich habe mir nichts vorzuwerfen.«

»Abgesehen davon, dass Sie uns angelogen haben.«

Monas Stimme war hart wie Glas, als sie diesen Satz aussprach.

»Ich spreche die Wahrheit«, behauptete Kathrin Lorenz. Die Ermittlerin schüttelte den Kopf.

»Vorhin behaupteten Sie, dass Sie von Tiemo Kopper mit Geld unterstützt werden. Ist das wirklich so? Sie gingen zu Tiemo Kopper und stellten sich ihm als seine unbekannte Tochter vor. Und dann soll der TV-Koch plötzlich aus heiterem Himmel seine Vaterschaft anerkannt haben? Spielte dabei nicht zufällig dieses Dokument eine Rolle?«

Die Kommissarin präsentierte erst jetzt die Geburtsurkunde, die sie bisher unter der Tischplatte versteckt gehalten hatte. Kathrin Lorenz rang nach Luft. Hatte sie ernsthaft damit gerechnet, dass Mona und Enno die Urkunde nicht entdecken würden? Diese Annahme kam der Ermittlerin gar nicht so abwegig vor. Sie hatte schon oft die Erfahrung gemacht, dass Kriminelle die Polizei unterschätzten. Vor allem, wenn es sich um Beamte einer Inselwache mitten in der Nordsee handelte.

»Na und?« Die Verdächtige stieß ein hysterisches Lachen aus. »Seit wann ist es verboten, seine Geburtsurkunde bei sich zu haben?«

»Das ist natürlich nicht illegal«, erwiderte Mona. »Trotzdem frage ich mich, warum Sie mit diesem wichtigen Dokument im Gepäck nach Borkum gekommen sind. Und es gibt nur eine plausible Antwort: Sie wollten Kopper beweisen, dass Sie wirklich seine Tochter sind.«

»Zumal in der amtlichen Geburtsurkunde sein Name eingetragen ist«, ergänzte der ostfriesische Kommissar.

Die Ermittlerin fuhr fort: »Außerdem hat Ihre Pensionswirtin ausgesagt, dass Sie sich bei ihr nach den räumlichen Verhältnissen im Hotel Teutonia erkundigt haben, vor allem nach der Küche. Aus welchem Grund? Ich denke, dass Sie dort unbemerkt eindringen wollten, um Ihrem Vater unter vier Augen gegenüberzutreten. Sie behaupteten, Architektur zu studieren. Aber das stimmt nicht, oder?«

Monas Frage war ein Schuss ins Blaue gewesen. Natürlich war es möglich, dass die junge Frau diesen Studiengang gewählt hatte. Doch die Kommissarin erkannte meist, wenn ihr ein Lügenbold gegenübersaß. So auch in diesem Fall. Kathrin Lorenz senkte den Kopf.

»Ich bin keine Studentin, sondern habe einen miesen Supermarktjob«, sagte sie mit tonloser Stimme. »Regale auffüllen ist nicht gerade witzig, echt nicht. Aber etwas Besseres habe ich nicht gefunden. Meine Schulnoten waren gerade mal mittelprächtig, und meine Berufsausbildung musste ich leider abbrechen.«

»Also kommt Ihr Vater gar nicht für Ihren Unterhalt auf?«, vergewisserte Enno sich.

»Nein, Herr Moll. Ich habe Sie angelogen. Es war wohl so, dass Tiemo Kopper nach meiner Geburt meiner Mama einen Haufen Kohle gezahlt hat. Schweigegeld, wenn Sie es so nennen wollen. Das war aber eine einmalige Summe. Es kamen also keine regelmäßigen Zahlungen. Meine Mutter hat ihr Möglichstes getan, um gut für mich zu sorgen. Doch als sie vor einem halben Jahr starb, war kein Geld mehr übrig.«

Mona nickte.

»Ich verstehe. Und dass Ihr leiblicher Vater ein erfolgreicher Spitzenkoch ist, dürfte jedem TV-Zuschauer in Deutschland bekannt sein. In jeder Fernsehzeitschrift kann man lesen, dass *Koppers Küche* wöchentlich ausgestrahlt wird.«

»Ja, und das fand ich total ungerecht. Warum muss ich am Hungertuch nagen, während mein Vater im Luxus schwelgt? Als ich von der geplanten TV-Aufzeichnung auf Borkum erfuhr, wollte ich die Gelegenheit nutzen. Wetten, dass er seiner holden Gattin nichts von seiner unehelichen Tochter erzählt hat? Mein Schweigen hätte ich mir teuer bezahlen lassen. Ich reiste also rechtzeitig an, beschaffte mir eine Eintrittskarte für die Show und kreuzte pünktlich auf. Die beiden Gespräche mit ihm habe ich früher am Tag geführt. Es waren jeweils nur ein paar Minuten.«

»So weit kann ich alles nachvollziehen«, erklärte Mona. »Doch als ich Sie im Saal nur einmal scharf angeschaut habe, sind Sie sofort weggelaufen. Warum? Hatten Sie schon mit Ihrer Erpressung begonnen?«

»Ich fürchtete, dass er mich bei der Polizei angezeigt hätte. Dabei habe ich mir doch gar nichts zuschulden kommen lassen! Seit wann ist es verboten, wenn eine Tochter ihren Papa um Geld bittet? Er musste mich nur ansehen, um in mir seine Tochter zu erkennen. Die Geburtsurkunde war nur eine zusätzliche Absicherung. Meine Geheimwaffe, die ich beim zweiten Treffen eingesetzt habe. Daraufhin lenkte Tiemo Kopper ein. Doch als Sie auf mich zukamen, schob ich plötzlich Panik.«

Die Familienähnlichkeit zwischen der jungen Frau und dem toten Spitzenkoch war unübersehbar, besonders bei der Augen- und Mundpartie. Warum hatte Kopper bei der ersten Begegnung trotzdem geleugnet, Kathrins Vater zu sein? Mona fand sein Handeln nicht nachvollziehbar. War es ihm wirklich so unangenehm gewesen, eine Tochter zu haben? Oder gab es andere Gründe für seine zunächst ablehnende Haltung?

»Sind Sie damit einverstanden, dass wir Ihr Smartphone checken? Ich will Ihnen gern glauben, dass es bisher keinen Erpressungsversuch gegeben hat. Aber es wäre gut, sich noch weitere Fakten zu verschaffen.«

Die Verdächtige zuckte mit den Schultern.

»Meinetwegen können Sie in meinem Telefon herumschnüffeln. Obwohl ich jung bin, halte ich nicht viel von Kontakten über die sozialen Medien.«

Insgeheim musste Mona der Verdächtigen recht geben. Falls Kathrin Lorenz ihrem Vater wirklich nur in der Hotelküche auflauern wollte, um Geld von ihm zu bekommen, war eine persönliche Konfrontation sicher der effektivste Weg.

Enno verließ den Raum und ließ sich von Aiske das beschlagnahmte Smartphone geben. Kathrin Lorenz verriet bereitwillig ihr Passwort, und die Ermittler vertieften sich in den Verlauf ihrer gesendeten und empfangenen Mails sowie der Textnachrichten in den sozialen Medien. Enno und Mona schauten sich auch die Nummern ihrer Telefonkontakte genauer an.

Nichts deutete darauf hin, dass sie bisher mit Tiemo Kopper zu tun gehabt hatte.

Während des Verhörs hatte die Kommissarin Kathrin Lorenz' Aussage fleißig in den Computer getippt. Nun druckte sie die Seiten aus. Die Verdächtige kritzelte ihre Unterschrift auf das letzte Blatt, nachdem sie sich alles durchgelesen hatte.

»Sie können jetzt gehen«, sagte Enno. »Wir leiten unsere Ermittlungserkenntnisse an die Staatsanwaltschaft weiter.«

»Kann ich meine Geburtsurkunde wiederhaben?«, fragte Kathrin Lorenz. Mona gab ihr das Dokument, nachdem sie eine Kopie gemacht hatte. Natürlich bekam die junge Frau auch ihr Handy zurück. Sie eilte davon, ohne sich noch einmal umzudrehen.

Kapitel 5

»Ob es überhaupt ein Verfahren gegen Tiemos Tochter geben wird?«, fragte Enno, nachdem Kathrin Lorenz die Polizeiwache verlassen hatte.

»Als Mordverdächtige habe ich sie jedenfalls von meiner Liste gestrichen«, erwiderte Mona. »Es sei denn, dass wir noch tiefer graben und bisher unbekannte Dinge über sie herausfinden.«

»Und was ist mit der Erpressung, Mona?«

»Ob das Früchtchen wirklich damit gedroht hat, Koppers Frau zu informieren, wissen wir nicht. Bei dem Gespräch gab es offenbar keine Zeugen. Ansonsten hat sie recht: Es ist nicht illegal, wenn eine Tochter ihren Vater um Geld bittet.«

Der Oberkommissar seufzte.

»Leider muss ich zugeben, dass mein Schulfreund kein allzu netter Mensch gewesen sein muss. Er dürfte eine Menge Feinde gehabt haben, nicht nur wegen seines großen beruflichen Erfolgs.«

»Genau, aber nicht jeder dieser Widersacher hatte Zugang zur Hotelküche«, meinte Mona. »Lass uns dort unsere Nachforschungen fortsetzen, einverstanden? Hat eigentlich schon jemand Koppers Familie benachrichtigt?«

»Das sollten wir tun, falls es nicht schon durch die Managerin geschehen ist.«

Mit diesen Worten griff Enno zum Telefonhörer und rief Paula Wiesner an. Die Managerin erklärte, dass sie die Ehefrau bereits verständigt hätte.

»Die Nachricht von Herrn Koppers Tod auf der Bühne kursierte bereits in den sozialen Medien, als ich seine Gattin erreichte. Ulrike Kopper will umgehend von Hamburg aus nach Borkum kommen, um sich selbst über die Ermittlungen zu informieren.«

Der Oberkommissar hatte den Telefonlautsprecher eingeschaltet, also wusste auch Mona Bescheid.

Das hat uns gerade noch gefehlt – eine nahe Angehörige, die uns bei der Arbeit auf die Finger schauen will, dachte sie. Natürlich konnte die Kommissarin verstehen, dass die frisch verwitwete Frau erfahren wollte, wer ihren Mann getötet hatte. Aber es stand immer noch nicht fest, ob überhaupt ein Verbrechen vorlag.

Mona ging zu Oltbeck hinüber und fragte ihn, ob es schon Neuigkeiten aus Oldenburg gäbe. Der Chef war offenbar genervt, das konnte sie an seinem Tonfall hören.

»Ich werde Ihnen schon nicht verschweigen, wenn die Kriminaltechniker oder die Gerichtsmediziner sich melden, Frau Sander! Momentan habe ich alle Hände voll damit zu tun, die Medienvertreter abzuwimmeln.«

Wie zur Bestätigung seiner Worte klingelte in diesem Moment das Telefon. Der Hauptkommissar wedelte mit der Hand, als ob er eine lästige Fliege verscheuchen wollte. Die Ermittlerin verließ sein Büro wieder.

»Also war Tiemo Kopper verheiratet, hatte aber gleichzeitig diese *Lebensgefährtin* Berit Gelbmann«, sagte Mona zu Enno, wobei sie das eine Wort besonders betonte. »Eine der beiden Frauen könnte einen solchen Hass auf ihn entwickelt haben, dass sie zu einem Mord fähig war.«

»Zumindest Ulrike Kopper scheint aber zur Tatzeit gar nicht auf der Insel gewesen zu sein«, gab der Ostfriese zu bedenken.

»Sie kann aber einen Komplizen gehabt haben«, erwiderte Mona. Die Kommissarin verzog das Gesicht, als sie aufstand und ihren verletzten Fuß belastete.

»Ich kann auch allein zum Hotel gehen«, bot Enno an. »Und dir fällt kein Zacken aus der Krone, wenn du dich krankschreiben lässt.«

»Solange ich nicht den Kopf unter dem Arm trage, erscheine ich zum Dienst. Wir können ja den Wagen nehmen. Es kommt mir zwar dekadent vor, diese kurze Strecke mit dem Auto zu fahren, aber ich habe wirklich keine Lust auf einen Gewaltmarsch.«

Mit dieser Lösung war der Oberkommissar einverstanden. Die Ermittler meldeten sich ab und stiegen in den zivilen Opel Vectra, der hinter der Polizeistation geparkt war. Mit einem PKW benötigte man von der Dienststelle bis zum Hotel Teutonia nicht mehr als vier Minuten. Enno musste allerdings Schritttempo fahren, weil so viele Touristen zu Fuß oder mit Fahrrädern unterwegs waren. Viele von ihnen schienen zu glauben, dass die Verkehrsregeln nur auf dem Festland galten. Sie waren bereits auf Höhe der Mutter-Kind-Klinik angelangt, als Enno den Wagen noch stärker abbremste und die Augen zusammenkniff.

»Willst du dich jetzt von einer Schnecke überholen lassen?«, scherzte Mona. Doch sie wusste eigentlich, dass ihr Kollege die Vorwärtsbewegung des Wagens nicht ohne Grund verlangsamte. Nun brachte er den Opel endgültig zum Halten.

»Siehst du den Mann da vorn, Mona?«

»Sicher, ich habe ja keine Tomaten auf den Augen. Was ist mit ihm?«

»Das ist Leo Knecht, Tiemos schärfster Konkurrent!«

»Echt? Woher kennst du denn diesen Fernsehkoch?«, wunderte die Kommissarin sich.

»Es ist möglich, dass ich mir seine Sendung mal angeschaut habe.«

»Süß, wie du rote Ohren bekommst!«, brachte Mona kichernd hervor. »Das ist doch nichts, wofür man sich schämen muss. Ich frage mich, warum er hier an der Rückfront des Hotels herumlungert.«

»Das möchte ich auch gern erfahren. Wie gut, dass wir in einem Zivilfahrzeug unterwegs sind und keine Uniformen anhaben. Wir sollten etwas warten, denn Knecht scheint mit jemandem verabredet zu sein.«

Die Kommissarin nickte und schaute sich Koppers Konkurrenten genauer an. Knecht war ein vierschrötiger Kerl Mitte vierzig, der von seinem Aussehen her an einen Rausschmeißer in einem miesen St.-Pauli-Nachtklub erinnerte. Mona ließ sich normalerweise nicht von Äußerlichkeiten beeinflussen. Trotzdem konnte sie sogar auf die Distanz erkennen, dass Knechts Körpersprache von unterschwelliger Aggressivität zeugte. Er ballte die Hände immer wieder zu Fäusten, lockerte sich kurz, um sich dann erneut anzuspannen. Sein bulliger Leib schien unter Strom zu stehen. Er trug Jeans und einen blauen Kapuzenpullover mit einem Anker darauf. Knecht hatte eine Zigarette zwischen den Lippen, die er nervös paffte. Er fischte sein Smartphone aus der Tasche und blickte aufs Display. Wollte er die Uhrzeit checken oder wartete er auf eine Nachricht?

Die Ermittlerin wusste es natürlich nicht. Auf jeden Fall blickte der Verdächtige im nächsten Moment auf und glotzte in Richtung des Opel Vectra. Er stand einen Steinwurf weit von dem Auto entfernt. Mona drehte sich zu Enno, schlang ihre Arme um seinen Nacken und drückte ihm einen Kuss auf die Wange.

»Was soll das denn werden?«, fragte er entgeistert.

»Ich erhalte unsere Tarnung aufrecht«, erwiderte die Kommissarin und schmiegte ihren Kopf an seine Schulter. »Knecht wird sich fragen, warum wir im Auto sitzen und nicht aussteigen. Wenn wir uns nicht als Zivilpolizisten zu erkennen geben wollen, sollten wir ein Liebespaar spielen. Womöglich besitzt der Möchtegern-Spitzenkoch sogar genug Taktgefühl, um seinen Blick abzuwenden.«

Und wirklich drehte Knecht sich weg, kehrte den Ermittlern den Rücken zu.

»Du kannst mich jetzt wieder loslassen, Mona.«

Sie löste sich lachend von ihrem Kollegen.

»Nun tu mal nicht so, als ob es dir unangenehm wäre, von einer jungen Frau abgeknutscht zu werden!«

Ennos Ohren hatten wieder eine tomatenrote Farbe angenommen.

»Das nicht, aber ich bin schließlich verheiratet.«

»Falls es dich beruhigt: Ich stehe nicht auf reife Männer«, neckte Mona ihn. »Deshalb war mein Einsatz rein beruflich zu verstehen.«

»Ja, in unserem Job ist Flexibilität höchstes Gebot«, erwiderte Enno. »Schau mal, da tut sich was!«

Der Lieferanteneingang des Hotels wurde von innen aufgestoßen. Ein junger Mann in Kochjacke und heller Hose kam heraus und ging zu Knecht hinüber. Koppers Rivale begrüßte den anderen, indem er ihm einen Stoß mit der flachen Hand vor die Brust versetzte. Außerdem rief er ein paar Worte, die man wegen des auffrischenden Seewindes nicht verstehen konnte. Die von der Jann-Berghaus-Straße abzweigenden Querstraßen waren wie Kamine, durch die der Wind mit ungebremster Gewalt toben konnte. Bei Orkanböen musste man auf der Bubertstraße oder der Bismarckstraße darauf achten, nicht umgeweht zu werden.

»Schade, dass wir kein Richtmikrofon haben«, meinte der Ostfriese. »Ich wüsste zu gern, was diese beiden sauberen Herren miteinander zu schnacken haben.«

»Es ist doch verdächtig genug, dass jemand vom Küchenpersonal des Hotels mit dem größten Konkurrenten des Opfers bekannt zu sein scheint, Enno. Ein Herz und eine Seele sind die beiden allerdings nicht.«

Man musste nicht polizeilich geschult sein, um den Streit zwischen dem Mann mit der Kochjacke und Leo Knecht zu erkennen. Koppers Rivale schien kurz davor zu stehen, dem anderen einen Faustschlag ins Gesicht zu verpassen. Doch stattdessen griff er in die

Gesäßtasche seiner Jeans, zog einen Briefumschlag hervor und drückte ihn seinem Gegenüber in die Hand.

Der andere Mann schob das Kuvert in seine Hosentasche, drehte sich um und ging ins Hotel Teutonia zurück.

»Ob wir uns Knecht jetzt vorknöpfen sollten?«, dachte Mona laut nach.

»Wir haben nichts gegen ihn in der Hand«, erinnerte der Oberkommissar. »Lass uns doch den ursprünglichen Plan beibehalten und in die Hotelküche gehen. Dort nehmen wir uns den Kerl mit dem Briefumschlag zur Brust. Womöglich belastet er Knecht, wer weiß? Auf jeden Fall kann uns der Starkoch nicht entkommen. Die Touristinformation wird uns seine Borkumer Urlaubsadresse verraten. Und falls er per Fähre oder Flugzeug abhauen will, lassen wir ihn in Emden festnehmen.«

»Falls er etwas auf dem Kerbholz hat«, schränkte Mona ein. Doch sie musste zugeben, dass Knechts Verhalten höchst verdächtig gewesen war. Auch ohne viel Fantasie konnte man den Starkoch und den jungen Kerl als Komplizen ansehen, die ein gemeinsames Ding gedreht und sich danach zerstritten hatten.

Enno fuhr noch ein Stück weit vor, damit die Zivilfahnder das Hotel durch den Haupteingang betreten konnten. Die Spurensicherung im Saal war bereits abgeschlossen, der gesamte Beherbergungsbetrieb wurde wieder für den Geschäftsbetrieb freigegeben.

Enno bat die Rezeptionistin, den Inhaber zu holen. Bald darauf erschien ein höchst nervöser Mann im Geschäftsanzug. Er sprach den Oberkommissar an:

»Moin, habt ihr den Mörder schon gefasst? So ein Vorfall in meinem renommierten Haus ist höchst rufschädigend.«

»Wir wissen ja noch gar nicht, ob wirklich eine Straftat vorliegt.«

Der Hotelbesitzer ignorierte Mona. Dieses Verhalten brachte sie auf die Palme, und zwar nicht nur, weil sie so klein war. In der Vergangenheit hatte sie schon öfter in dieser Edelherberge zu tun gehabt. Der Inhaber schien trotzdem zu glauben, dass nur der stämmige, hochgewachsene Enno ein ernstzunehmender Polizeibeamter wäre.

»Wie kann ich euch weiterhelfen?«

Auch diese Frage war wieder an den Ostfriesen gerichtet gewesen.

»Zum Beispiel, indem du meine Kollegin nicht wie Luft behandelst.«

Enno warf dem Hotelbesitzer einen harten Blick zu, woraufhin dieser sofort einknickte.

»Das habe ich doch gar nicht getan …«, behauptete er.

Mona schenkte ihm ein zuckersüßes Lächeln.

»Solange nicht geklärt ist, ob ein Tötungsdelikt vorliegt, müssen wir alle Möglichkeiten in Betracht ziehen«, erklärte sie. »Und falls Tiemo Kopper wirklich vergiftet wurde, wird das in deiner Hotelküche geschehen sein. Dadurch sind alle Angestellten verdächtig, auch du selbst.«

Der Mann war mit Enno auf Du und Du, also benutzte auch die Kommissarin diese Anredeform.

»Ich? Wie kommst du denn darauf?«, fragte der Hotelier entgeistert.

Mona ließ ihre Wimpern flattern.

»Plötzlich beachtest du mich, das ist sehr interessant.«

Der Inhaber seufzte.

»Es tut mir leid, bei mir liegen seit Koppers Tod die Nerven blank.«

Da bist du nicht der Einzige, dachte die Kommissarin. Sie musste an ihren Chef denken, der von sensationsgierigen Journalisten mit Anrufen und Mails bombardiert wurde.

»Wir möchten mit deinem Küchenpersonal reden«, sagte Enno.

»In Ordnung, kommt mit.«

Der Hotelbesitzer führte die Kommissare in die Küche, wo die Vorbereitungen auf das Mittagsgeschäft bereits auf Hochtouren liefen. Mona vermied persönlich das Kochen, wann immer es möglich war. Trotz ihrer mangelnden Kenntnisse kam ihr die weitläufige Hotelküche hochmodern und blitzsauber vor. Mehrere Herde waren in Betrieb, gewaltige Dampfschwaden wurden von großen Abzugshauben abgesaugt. Trotzdem war der Geruch nach würziger Bratensoße und Rosenkohl unverkennbar. Ennos Magen begann hörbar zu knurren.

Mona ließ ihren Blick durch den Raum schweifen. Mehrere Männer und Frauen in weißen Kochjacken waren mit dem Schneiden von Zutaten und dem Anrühren von Tunken beschäftigt. Die Kommissarin hatte Leo Knechts mutmaßlichen Komplizen noch nicht entdeckt. Der Hotelier stellte ihr nun den Boss der Küchencrew vor.

»Das ist Barne Tiek, mein Chefkoch.«

Mona schaute sich den Leiter der Hotelküche genauer an. Von der Statur her erinnerte er sie an Enno. Doch im Gegensatz zum Stoppelschnitt ihres Kollegen verfügte Tiek über lange blauschwarze Locken, die er während der Arbeit in ein Haarnetz gestopft hatte. Außerdem wurde seine Oberlippe von einem schmalen dunklen Bärtchen geziert. Er kam der Kommissarin wie ein italienischer Opernsänger vor, obwohl sein Name auf eine friesische Herkunft hindeutete.

»Womit kann ich dienen, schöne Frau?«, fragte Tiek.

Während der Hotelier Mona nicht beachtet hatte, flirtete der Küchenchef ungeniert mit ihr. Doch seine schmachtenden Blicke ließen sie kalt. Erstens war sie aus beruflichen Gründen ins Hotel Teutonia gekommen, und zweitens gefiel er ihr einfach nicht.

»Wir müssen einen Ihrer Mitarbeiter sprechen«, sagte sie laut. »Allerdings kann ich ihn nirgendwo sehen.«

Tiek stemmte die Fäuste in die Hüften und drehte seinen schwammigen Schädel von links nach rechts.

»Es sind doch alle da … nein, Jonte ist ins Kühlhaus gegangen – ah, da ist er ja schon! Jonte, die Polizei will etwas von dir!«

Tiek deutete auf einen jungen Mann, der in diesem Moment mit einem Arm voll tiefgekühlten Schnitzeln die Hauptküche betrat. Mona erkannte ihn sofort wieder. Jonte war es, der kurz zuvor mit Knecht zusammengestanden hatte. Und er schien überhaupt keine Lust auf eine polizeiliche Befragung zu haben. Jedenfalls ließ er die Schnitzel fallen, drehte sich auf dem Absatz um und rannte davon.

Nicht schon wieder eine Verfolgungsjagd!, dachte Mona. Trotzdem rannte sie los, wobei sie die Schmerzen in ihrem Fußgelenk so gut wie möglich ignorierte. Trotz ihrer Verletzung konnte sie den Verdächtigen immer noch besser einholen als Enno, der durch sein Gewicht und sein Alter viel stärker gehandicapt war. Die Kommissarin hatte dank ihres regelmäßigen Joggings eine gute Grundkondition. Trotzdem war ihr klar, dass sie momentan ein längeres Wettrennen mit dem Flüchtenden nicht durchstehen würde. Also musste Mona sich etwas einfallen lassen.

Die Ermittlerin griff sich im Vorbeilaufen eine von den unbenutzten Pfannen, die an Haken von der Decke herunterhingen. Jonte war in einen langgestreckten Korridor geflohen. Sie musste ihn erwischen, bevor er um eine Ecke biegen konnte. Mona holte aus und schleuderte die Pfanne mit ganzer Kraft in die Richtung des

Verdächtigen. Sie hatte darauf geachtet, das Kochgerät möglichst nahe über dem Boden zu werfen. Und es funktionierte! Die Pfanne kreiselte um sich selbst, bis sie Jonte traf. Der metallene Stiel geriet zwischen seine Beine. Der Flüchtende war inzwischen so schnell, dass er seine Bewegung nicht mehr abbremsen konnte. Er geriet ins Straucheln und fiel der Länge nach hin.

Mona war währenddessen nicht stehen geblieben. Sie schaffte es jetzt, Jonte einzuholen. Bevor er aufstehen konnte, drückte sie ihm ihr Knie ins Kreuz und drehte ihm seinen rechten Arm auf den Rücken.

»Liegen bleiben!«, blaffte sie. »Warum nehmen Sie Reißaus, sobald das Wort *Polizei* fällt?«

»Das geht Sie gar nichts an, lassen Sie mich los!«

»Hat Ihr Freund Leo Knecht Ihnen empfohlen, sich vor dem Gesetz in Acht zu nehmen?«

Jonte zuckte zusammen, als Mona ihm diese Frage stellte. Er hatte seinen Kopf seitwärts gedreht, sodass sie sein Gesicht sehen konnte. Der Verdächtige erschrak sichtlich. Das Pokergesicht eines abgebrühten Verbrechers hatte er jedenfalls nicht. Mona schätzte ihn auf Mitte zwanzig. Mit seinen dunkelblonden Locken und den blaugrünen Augen sah er wie ein richtiger friesischer Naturbursche aus. Die Kommissarin wollte unbedingt herausfinden, was dieser so harmlos wirkende junge Mann mit Leo Knecht zu schaffen hatte.

Inzwischen waren Enno und Tiek zu ihnen gestoßen.

»Was machst du denn für Sachen?«, rief der Chefkoch vorwurfsvoll. »Warum läufst du weg? Hast du wieder etwas angestellt?«

»Gab es schon einmal Ärger?«, wollte der Oberkommissar wissen.

»In meiner Küche nicht, aber Jonte ist vorbestraft«, erklärte Tiek. »Ich habe keine Vorurteile, jeder kann im Leben mal einen Fehler machen. Deshalb setzte ich mich dafür ein, dass Jonte als Beikoch eine Chance bekommt.«

»Ich bin unschuldig!«, beteuerte der junge Mann. »Und ich reagiere eben allergisch auf Bullen, gerade weil ich schon mal gesessen habe. Sie können mir doch keinen Strick daraus drehen, dass ich weggelaufen bin.«

»So etwas Ähnliches haben wir erst kürzlich gehört«, murmelte Mona. »Wenn Sie keinen Ärger machen, stehen Sie und ich jetzt gemeinsam auf.«

»Ich bleibe cool«, versicherte der Verdächtige. Und er machte wirklich keinen weiteren Fluchtversuch und verzichtete auch auf eine Attacke. Wahrscheinlich wurde ihm bewusst, dass er seine Lage momentan nur durch Entgegenkommen verbessern konnte.

Das war zumindest Monas Hoffnung.

»Ich werde Sie jetzt durchsuchen«, kündigte Enno an. »Haben Sie Messer oder spitze Gegenstände bei sich, an denen ich mich verletzen könnte?«

Jonte Relling schüttelte den Kopf.

Der stämmige Ostfriese hatte Handschuhe übergestreift und überprüfte die Taschen des jungen Beikochs. Enno förderte außer einem benutzten Papiertaschentuch nur ein Smartphone, eine Packung Kaugummi und das Kuvert zutage. Er hielt es Jonte unter die Nase.

»Was ist in dem Umschlag?«

Der Verdächtige hob die Schultern. Reden schien nicht seine Stärke zu sein. Oder er hatte erkannt, dass er sich durch unbedachte Äußerungen nur selbst in Schwierigkeiten bringen konnte. Doch war er wirklich zu so einer Überlegung fähig? Mona hielt Jonte nicht für eine große Leuchte, aber der erste Eindruck konnte täuschen.

Das Kuvert war nicht zugeklebt. Als Enno es aufklappte, sah er zehn Fünfzig-Euro-Scheine.

»Wofür haben Sie das Geld bekommen? Und von wem?«, bohrte die Kommissarin nach.

»Das sind meine Ersparnisse«, behauptete der Verdächtige.

In diesem Moment mischte sich der Chefkoch ein.

»Ich glaube nicht, dass Jonte noch Geld auf der hohen Kante hat«, sagte Tiek. »Sein Lohn wird nämlich gepfändet, um die Opfer seiner früheren Straftaten zu entschädigen. Ihm bleibt nur ein kleiner Betrag übrig, von dem sich bestimmt keine fünfhundert Euro sparen lassen.«

Jonte warf seinem Vorgesetzten einen Blick voller Widerwillen zu.

»Ich denke, wir setzen die Befragung auf der Polizeistation fort«, meinte Enno.

Kapitel 6

Die Ermittler schafften den Verdächtigen ohne großes Aufsehen in ihrem Opel Vectra zur Strandstraße. Jonte nutzte die kurze Fahrtstrecke offenbar zum Nachdenken.

»Ich will mit einem Anwalt sprechen«, erklärte er, als der Oberkommissar ihn in den Verhörraum führte.

»Selbstverständlich«, gab Enno zurück. Jonte durfte telefonieren. Er nahm Kontakt mit Dr. Arnulf Behrens auf. Der Jurist praktizierte auf Borkum, konnte sich aber erst in einer Stunde von seinen Verpflichtungen loseisen. Die Kommissare nutzten die Wartezeit für eine frühe Mittagspause. Während Jonte Relling von Grietje mit ihren legendären Jagdwurststullen versorgt wurde, gingen Mona und Enno in den *Knurrhahn* hinüber. In dem beliebten Fisch-Imbiss waren sie Stammgäste. Während die Ermittlerin sich für einen Neptun-Salat entschied, bestellte ihr Kollege Seelachsfilet mit Bratkartoffeln. Sie platzierten sich an einem der Stehtische und ließen sich ihr alkoholfreies Bier schmecken.

»Glaubst du, dass wir Tiemos Mörder schon hinter Schloss und Riegel haben?«, fragte Enno. Mona schüttelte den Kopf.

»Fünfhundert Euro sind als Blutgeld für einen Auftragsmord etwas wenig, findest du nicht?«

»Jonte steckt offenbar finanziell in der Klemme, da zählt jeder Cent.«

»Das stimmt. Doch gerade weil der Bengel vorbestraft ist, halte ich ihn für unschuldig. Kein Krimineller, der etwas auf sich hält, würde für so wenig Geld jemanden umbringen. Jonte hätte wissen müssen, dass er mit einem Mord viel mehr verdienen kann.«

»Womöglich ist der halbe Tausender nur eine Anzahlung, Mona.«

Die Kommissarin schnaubte ironisch.

»Du meinst, dass man ein Menschenleben heutzutage schon per Ratenzahlung auslöschen kann? Möglich wäre das schon, kommt mir aber nicht sehr wahrscheinlich vor. Außerdem sollten wir nicht vergessen, dass Jonte und Leo Knecht gestritten haben. Mit etwas Glück können wir diese Tatsache zu unserem Vorteil nutzen.«

»Weil Jonte für seinen Auftraggeber nicht den Kopf hinhalten wird?«

»Ja, davon gehe ich fest aus, Enno. Die Rollen dürften klar verteilt sein: Knecht stiftet den Beikoch dazu an, die Zutaten für das Kugelfisch-Gericht zu manipulieren. Aber ist sein Hass auf Kopper wirklich so groß, dass er seinen Konkurrenten tot sehen will?«

Der Oberkommissar trank einen Schluck Bier.

»Der Druck auf die Sterneköche muss gnadenlos sein. Und wenn Knecht wirklich wegen Tiemo seine Fernsehshow verloren hat, dürfte er jetzt finanziell richtig bluten. In der Branche gilt das Motto: Den Letzten beißen die Hunde.«

Mona nickte.

»Wir waren *Augenzeugen*, als Knecht unserem Verdächtigen den Umschlag gegeben hat«, unterstrich sie. »Also wird der Starkoch auf dem Abstellgleis sich eine sehr gute Ausrede überlegen müssen, weshalb er dem jungen Mann das Geld zusteckte.«

»Vorerst sprechen wir ja nicht mit Knecht, sondern mit Jonte Relling«, erinnerte Enno. »Falls er wirklich vorbestraft ist, sollten wir uns nach der Pause seine elektronische Fallakte anschauen. – Diesen Gesichtsausdruck kenne ich, Mona. Was macht dich so nachdenklich?«

»Ich versuche, mich in Knecht hineinzuversetzen. Angenommen, er wollte seinen beruflichen Konkurrenten wirklich töten. Wäre er dann so dämlich, nach dem Mord noch auf der Insel zu bleiben? Er kann sich doch denken, dass ein Mann mit einem so starken Motiv sofort ins Visier der Ermittlungen gerät.«

»Grundsätzlich gebe ich dir recht«, erwiderte Enno. »Hier liegen die Dinge allerdings etwas anders. Tiemo hat mit hochgiftigen Zutaten hantiert. Da liegt es viel näher, von einer selbst verschuldeten tödlichen Lebensmittelvergiftung auszugehen.«

»Ja, und Knechts bloße Anwesenheit auf Borkum beweist überhaupt nichts«, ergänzte die Kommissarin grimmig. »Jeder Strafverteidiger würde dieses Argument in der Luft zerreißen.«

»In Kombination mit der Bargeldzahlung an den vorbestraften Beikoch sieht die Sache allerdings schon ganz anders aus. Dann wird nämlich ein Schuh daraus, und Knecht muss sich wirklich einen guten Anwalt suchen.«

»Apropos: Was ist dieser Dr. Behrens eigentlich für ein Typ, Enno? Ich wette, dass du ihn kennst.«

»Mit dieser Annahme liegst du richtig. Dr. Behrens war ein hochklassiger Anwalt in Düsseldorf, bis er durch den ganzen Stress einen Nervenzusammenbruch erlitt. Sein Arzt stellte ihn damals vor die Alternative, entweder seinen Beruf völlig aufzugeben oder kürzerzutreten. Daraufhin gab er seine Kanzlei in der nordrhein-westfälischen Landeshauptstadt auf und zog nach Borkum. Das ist nun acht Jahre her.«

»So ein Karriere-Jurist hat mir gerade noch gefehlt«, stöhnte Mona. Ihr Kollege schüttelte den Kopf.

»Du tust ihm unrecht. Dr. Behrens hat sich an den gemächlichen Lebensstil unserer Insel gewöhnt. Wenn man ihn nicht kennt, würde man ihn für einen Frührentner und nicht für einen Strafverteidiger halten.«

»Bei dir könnte man sich auch gut vorstellen, dass du schon im Ruhestand bist«, neckte Mona den Oberkommissar. In Wirklichkeit graute es ihr vor dem Gedanken, mit jemand anderem als Enno zusammenarbeiten zu müssen.

Enno lächelte und widmete sich seinem Fischgericht.

»Dr. Behrens ist ein vernünftiger Mann, Mona. Es kann für uns vorteilhaft sein, wenn er Jonte Relling vertritt.«

»Inwiefern?«

»Falls wir es wirklich mit einem Giftmord zu tun haben, dann war der junge Beikoch nur Knechts Werkzeug. Es bringt ihm nichts, wenn er den Kopf für seinen Auftraggeber hinhält. Und genau diese Tatsache wird sein Anwalt ihm verklickern.«

»Deine Zuversicht kennt mal wieder keine Grenzen«, erwiderte Mona. »Ich hoffe, du behältst recht.«

Als die Ermittler sich nach dem Mittagessen auf den Rückweg zur Dienststelle machten, trafen sie dort fast zeitgleich mit dem Strafverteidiger ein. Enno machte seine Kollegin und Dr. Behrens gleich miteinander bekannt. Mona war peinlich berührt, weil sie sich so ein klischeehaftes Bild von dem Anwalt gemacht hatte. In ihrer Vorstellung war Dr. Behrens ein aufgeblasener Wichtigtuer mit Solarium-Sonnenbräune und Maßanzug. In Wirklichkeit hatte der Jurist ein paar Pfund zu viel auf den Rippen, er sah gemütlich und tiefenentspannt aus. In seinem kurzärmeligen Karohemd und der Khakihose wirkte er eher wie ein Kegelklubmitglied auf Borkum-Biertour.

»Na, dann will ich mir mal anhören, was mein Mandant auf dem Herzen hat«, sagte der Strafverteidiger. Polizeimeister Hinderk Ekhoff führte ihn zum Verhörraum, wo der Anwalt unter vier Augen mit Jonte Relling sprechen konnte.

»Dr. Behrens scheint ja ganz nett zu sein«, gab Mona kleinlaut zu, als sie und Enno wenig später wieder in ihrem gemeinsamen Büro saßen. Der wuchtige Ostfriese hatte gerade einen Tee gekocht, als Grietje auf der Bildfläche erschien.

»Kann einer von euch mal nach vorne ins Wachlokal kommen? Da ist eine betrunkene Melderin, die mir auf den Wecker geht!«

Die Kommissarin blickte auf.

»Seit wann wirst du mit einer angesäuselten Schnapsdrossel nicht mehr allein fertig?«

»Das wäre für mich kein Problem«, behauptete die uniformierte Kollegin. »Es ist nur so, dass Berit Gelbmann eine Strafanzeige wegen Mordes an Tiemo Kopper stellen will. Und das ist doch euer Fall, oder?«

»Dann heißt die Melderin also Berit Gelbmann?«

»Du merkst aber auch alles, Mona.«

Die Ermittlerin überhörte die unverschämte Bemerkung und stand auf.

»Mein Tee muss warten, Enno. Wenn Dr. Behrens sich lange genug mit seinem Mandanten beraten hat, kannst du mit dem Verhör ja schon mal anfangen. Ich werde die Gelbmann ins Gebet nehmen.«

Während des kurzen Wegs von ihrem Arbeitsplatz ins Wachlokal durchforstete Mona ihr Gedächtnis. Es gab nicht viel, was sie über Berit Gelbmann wusste. Die Frau war unter fadenscheinigen Ausflüchten der TV-Aufzeichnung von Koppers Kochshow ferngeblieben, und betrunken war sie schon bei der ersten Begegnung mit der Kommissarin gewesen. Ob das erfolglose Fotomodell ein ernsthaftes Alkoholproblem hatte? Es war gerade mal elf Uhr vormittags. Nach Monas Ansicht eine eher ungewöhnliche Uhrzeit, um einen nennenswerten Alkoholpegel erreicht zu haben.

Doch es war offensichtlich, dass Grietje sich nicht getäuscht hatte. Auch ohne die Cognacfahne wäre selbst einem Laien klar gewesen, dass Berit Gelbmann sich zum Frühstück etwas Stärkeres als Ostfriesentee oder Milchkaffee genehmigt hatte. Sie saß auf der Holzbank vor dem Empfangstresen. Ihr Blick war glasig, die Haare hingen ihr ins Gesicht. An diesem Morgen trug die Frau ein kurzes Strandkleid, das nach Monas Ansicht besser zu einem achtzehnjährigen Mädchen gepasst hätte. Die Weinbrandflecken auf dem Stoff trugen jedenfalls nicht dazu bei, Berit Gelbmann eine seriöse Ausstrahlung zu verleihen.

Ob sie den Schmerz über Koppers Tod im Schnaps ertränkte?

Für Mona war das Model nach wie vor ein Buch mit sieben Siegeln. Die Ermittlerin nahm neben der Melderin Platz.

»Moin, Frau Gelbmann. Wie ich höre, wollen Sie einen Strafantrag stellen?«

»Ja, wegen Mordes«, erwiderte die Frau mit schwerer Zunge. »Oder haben Sie diese falsche Schlange schon festgenommen?«

»Von wem sprechen Sie?«

»Ich meine natürlich Ulrike Kopper!« Berit Gelbmann klang so entrüstet, als ob Mona eine Selbstverständlichkeit angezweifelt hätte. »Die Furie hat Tiemo nicht gegönnt, dass er mit mir glücklich wird. Wenn sie ihn nicht mehr haben konnte, sollte ihn auch keine andere Frau bekommen.«

Ein Mord aus Eifersucht? War Ulrike Kopper überhaupt zur Tatzeit auf der Insel gewesen? Falls ja, dann war sie den Kommissaren bisher nicht unter die Augen getreten. Mona erinnerte sich an jede einzelne Person aus Koppers »Gefolge«, von der Managerin bis zum kleinen Tonassistenten. Außerdem befand sich Berit Gelbmann als »Lebensgefährtin« des TV-Kochs auf Borkum.

»Weiß Frau Kopper überhaupt von den Gefühlen zwischen ihrem Ehemann und Ihnen?«, forschte Mona. Dabei vergegenwärtigte sie sich, dass sie die Worte der angetrunkenen Melderin nicht auf die Goldwaage legen durfte.

»Selbstverständlich! Also, was werden Sie unternehmen?«

»Ich nehme nicht an, dass Sie Zeugin der Straftat gewesen sind …«

»Natürlich nicht, Frau Sander! Ich war doch unten an der Promenade, als Tiemo getötet wurde!«

»Die Ermittlungen laufen bereits auf Hochtouren«, versicherte die Kommissarin. »Und wir werden Ulrike Kopper genauso intensiv überprüfen wie alle anderen Verdächtigen. Wir bearbeiten den Fall bereits, daher können Sie sich eine Strafanzeige sparen. Momentan steht allerdings noch nicht fest, ob überhaupt ein Tötungsdelikt vorliegt.«

Berit Gelbmann sprang auf.

»Dann strengen Sie sich gefälligst an! Wenn Sie nicht bald Ergebnisse liefern, werde ich mich an die Presse wenden. Ich habe beste Verbindungen.«

Mit diesen Worten rauschte sie mit hoch erhobener Nase und leicht schwankend aus der Polizeistation.

»Was für eine nette Dame«, spottete Grietje.

»Ja, die Gelbmann hat Haare auf den Zähnen«, erwiderte Mona. »Gibst du mir Bescheid, sobald sich das kriminaltechnische Labor oder die Gerichtsmedizin rührt?«

»Wird gemacht. In Oldenburg wird man uns wahrscheinlich schon verfluchen. Ich glaube, der Chef hat heute bereits dreimal dort angerufen.«

Mona nickte und ging zu ihrem Büro. Es war leer, also befand Enno sich vermutlich schon im Verhörraum. Sie klopfte dort an, trat sofort danach ein. Jonte Relling und sein Verteidiger sowie der Oberkommissar hatten bereits am Tisch Platz genommen. Mona setzte sich neben ihren Kollegen.

»Herr Relling ist bereits über seine Rechte belehrt worden«, sagte Enno. Er stellte Mona und sich noch einmal offiziell vor.

»Ich habe meinem Mandanten geraten, ein umfassendes Geständnis abzulegen«, erklärte Dr. Behrens. »Dann werden Sie nämlich sehr schnell bemerken, dass er keine schwerwiegenden Straftaten begangen hat.«

»Sehr schön«, erwiderte die Kommissarin. Sie deutete auf den Briefumschlag, der mitten auf der Tischplatte lag, und fuhr fort: »Dann möchte ich als Erstes erfahren, wie Sie in den Besitz dieser fünfhundert Euro gelangt sind, Herr Relling.«

»Knecht hat mir die Kohle gegeben«, erwiderte der junge Beikoch.

»Hat er eine Gegenleistung erwartet?«

»Und ob!« Relling grinste. »Ich sollte in einem unbeobachteten Moment vor Koppers Show in die Küche gehen und seine Fischzutaten mit Abführmittel tränken.«

Enno runzelte die Stirn.

»Abführmittel?«, echote er. »Sind Sie sicher?«

»Ja, es ging um Rizinusöl. Das hat doch diese durchschlagende Wirkung«, meinte der Verdächtige. »Knecht wollte erreichen, dass Kopper das Abschmecken seines Gerichts niemals vergisst.«

»Woher hatten Sie das Rizinusöl?«

»Knecht gab mir ein Fläschchen mit dem Teufelszeug.«

»Und Sie sind nicht auf die Idee gekommen, dass es sich stattdessen um Gift handeln könnte?«, hakte Mona nach.

»Sie meinen, weil der Starkoch tot umgefallen ist? Ich war geschockt, als das geschah. Hinter der Bühne habe ich das ja hautnah mitbekommen. In dem Moment war ich total erleichtert, weil ich es doch nicht gemacht habe.«

»Wie ist das gemeint?«, fragte der stämmige Ostfriese.

»Ich habe einen Rückzieher gemacht«, behauptete Relling. »Als ich gerade das Rizinusöl auf den Kugelfisch kippen wollte, rief mich Herr Tiek zu sich. Er hatte eine Aufgabe für mich, und während der nächsten zwanzig Minuten stand ich ständig unter seiner Beobachtung. Also kam ich nicht mehr ungesehen an die Zutaten heran.«

Der Strafverteidiger ergänzte: »Mein Mandant hat die Tat also gar nicht ausgeführt.«

Das habe ich kapiert, bin ja nicht begriffsstutzig, dachte Mona schlecht gelaunt. Sie wollte wissen: »Was geschah mit dem Rizinusöl?«

»Ich habe die Flasche in meinen Spind gestellt«, antwortete der Beikoch.

»Und die fünfhundert Euro kassierten Sie trotzdem?«

Sein Grinsen wurde noch breiter.

»Natürlich habe ich Knecht nicht unter die Nase gerieben, dass ich seinen Auftrag gar nicht ausführen konnte. Immerhin habe ich es versucht. Das zählt doch auch, oder?«

Die Ermittler ließen die Frage unbeantwortet.

»Wir konnten beobachten, dass Sie sich mit Knecht stritten«, erklärte der Oberkommissar. »Worum ging es bei dem Zwist?«

»Er fragte, ob ich Kopper umgebracht hätte. Was für ein Blödsinn, als ob jemand an Rizinusöl sterben würde! Vor allem, wenn er gar kein Abführmittel intus hatte. Ich stellte mich also dumm und sagte, dass Kopper vielleicht krank gewesen wäre oder so. Ist doch möglich. Außerdem deutete ich an, dass ich für mein Schweigen gern noch mehr Geld hätte. Daraufhin wurde Knecht erst richtig sauer. Er sagte, dass er mich nicht für einen Mord bezahlt hätte. Aber wenigstens ließ er die Kohle rüberwachsen.«

Mona wusste nicht, was sie von dieser Geschichte halten sollte. Für manche Ganoven war ein Menschenleben nicht viel wert. Doch sie konnte sich nicht vorstellen, dass jemand für fünfhundert Euro einen

Mord begehen würde. Als Lohn für einen dummen Scherz mit Abführmitteln erschien ihr diese Summe hingegen angemessen.

»Woher kannten Sie Knecht eigentlich?«

»Einer meiner Kollegen muss ihm einen Tipp gegeben haben«, erwiderte Relling auf Monas Frage. »Dieser abgehalfterte Spitzenkoch hat sich wohl gezielt nach jemandem erkundigt, der in der Teutonia-Hotelküche arbeitet, Geld braucht und es mit dem Gesetz nicht so genau nimmt.«

»Diese Voraussetzungen haben Sie ja bestens erfüllt.«

»Ja, richtig, Frau Sander.«

Monas Ironie perlte an dem Verdächtigen ab wie Nordseewasser von der Oberfläche eines Ostfriesennerzes.

»Wir werden dieses Fläschchen beschlagnahmen und zur kriminaltechnischen Analyse schicken«, kündigte Enno an. Der Beikoch hob die Schultern.

»Tun Sie das, ich habe nichts zu verbergen.«

»Ein Haftgrund dürfte nach diesem freimütigen Geständnis wohl nicht vorliegen«, meinte Dr. Behrens.

Mona beugte sich vor und schaute Relling noch einmal ins Gesicht. Sie hätte schwören können, dass er ihr etwas verschwieg. Nur Beweise hatte sie keine.

»Wenn Sie so ein Unschuldsengel sind, warum sind Sie dann vor mir weggelaufen?«

»Wegen meiner Knasterfahrung reagiere ich immer noch allergisch auf Bul… äh, auf Polizeibeamte.«

Die Kommissare machten gleich Nägel mit Köpfen, indem sie gemeinsam mit Jonte Relling und dessen Rechtsbeistand zum Hotel Teutonia zurückfuhren. Der Beikoch schloss bereitwillig seinen Spind auf. Das Fläschchen mit der Aufschrift RIZINUSÖL war nicht zu übersehen. Enno hatte sich Latexhandschuhe übergestreift und tat es in eine Tüte für Beweisstücke.

»Falls Knecht behauptet, Sie nicht zu kennen, werden sich hoffentlich seine Fingerabdrücke auf dem Glas nachweisen lassen.«

»Ganz bestimmt«, sagte Relling. »Er hat mir das Fläschchen mit bloßen Händen gegeben.«

Nach der Rückkehr zur Polizeistation ließen die Ermittler Relling das Verhörprotokoll unterschreiben. Danach durfte er gehen. Flucht- und Verdunkelungsgefahr bestand nicht, außerdem hatte der junge Mann seinen Arbeitsplatz und sein Zimmer auf der Insel. Auch der

Anwalt verabschiedete sich. Er sagte: »Ich mache jetzt erst mal eine Radtour, für heute habe ich genug gearbeitet.«

Enno schaute ihm kopfschüttelnd nach.

»Ein Leben wie Gott in Frankreich.«

Mona blinzelte ihm zu.

»Möchtest du mit Dr. Behrens tauschen?«

»Nee, dann wäre ich ja nicht mit Birte verheiratet und dürfte nicht mit dir zusammenarbeiten.«

»Du bist süß«, meinte die Ermittlerin. »Fühlen wir jetzt Knecht auf den Zahn?«

»Ja, ich will nur eben das Rizinusöl für den Versand nach Oldenburg fertig machen. Glaubst du, dass die Flasche wirklich nur Abführmittel enthält?«

»Jedenfalls ist sie randvoll, obwohl das überhaupt nichts beweist. Der missgünstige Koch-Konkurrent kann Relling ja auch zwei Behälter gegeben haben.«

»Glaubst du, dass der Beikoch die Wahrheit gesagt hat?«

»Ich finde ihn undurchsichtig, Enno. Seine Angaben sind aber in sich schlüssig. Wir könnten natürlich noch Tiek fragen, ob er kurz vor der Show Relling wirklich mit einer Arbeit beauftragt hat. Doch warum sollte der Knabe so eine nachprüfbare Behauptung erfinden? Trotzdem, irgendetwas gefällt mir nicht.«

»Meldet sich dein legendäres Bauchgefühl zu Wort?«, fragte Enno schmunzelnd.

»Schon möglich.«

»Oltbeck wäre nicht begeistert davon, aber wir müssen es ihm ja nicht unter die Nase reiben.«

Die Kommissare meldeten sich wieder bei Grietje ab und machten sich auf den Weg zum Hotel *Holländischer Hof*. Sie hatten zuvor von der Touristinformation erfahren, dass Knecht dort abgestiegen war.

Kapitel 7

Der Holländische Hof war wie das Hotel Teutonia ein Traditionshaus, das bereits seit der Kaiserzeit existierte. Mona hatte gehört, dass viele Stammgäste über Jahrzehnte hinweg ihren Sommerurlaub dort verbrachten. Im Gegensatz zu dem Beherbergungsbetrieb, in dem Kopper gestorben war, befand sich der Holländische Hof in unmittelbarer Nähe des Inselbahnhofs. Daher bestand Mona darauf, zu Fuß dorthin zu gehen.

»Es wäre wirklich dekadent, für die paar hundert Meter das Auto zu nehmen, Enno. Sooo stark sind die Schmerzen in meinem Gelenk nun auch wieder nicht.«

»Aber heute Abend solltest du den Fuß hochlegen.«

»Ja, Papa«, scherzte sie.

Der Oberkommissar schaute sie von der Seite an.

»Ich kann mir vorstellen, dass dir das Joggen fehlt. Besonders jetzt.«

»Wie meinst du das?«

»Hast du Jan vorhin nicht gesehen?«, fragte Enno zurück.

»Welchen Jan meinst du? Dieser Vorname ist ja nun nicht gerade selten.«

»Jan Lummer. Ich traute meinen Augen nicht, als ich ihn vorhin auf der Jann-Berghaus-Straße Richtung Westkaap joggen sah.«

Monas Kollege sprach von dem Wirt einer urigen Borkumer Hafenkneipe. Die Ermittler hatten schon öfter beruflich mit ihm zu tun gehabt.

»Jan Lummer hat sich dem Laufsport verschrieben?«, hakte Mona ungläubig nach. »Das sieht ihm ja nun gar nicht ähnlich.«

»Womöglich möchte er eine gewisse rotblonde Kommissarin beeindrucken.«

»Du hast eine blühende Fantasie, Enno!«

»Also gefällt Jan Lummer dir nicht?«

»Das habe ich nicht gesagt. – Ich bin gespannt, ob wir Knecht in seinem Zimmer antreffen.«

Mona hatte schnell das Thema gewechselt. Es gefiel ihr nicht, über ihr Liebesleben zu sprechen. Noch nicht einmal mit Enno. Insgeheim fand sie Jan Lummer wirklich ganz anziehend. Gelegentlich hatte sie auf ihre übliche burschikose Art eine Bemerkung über seinen Bierbauch fallengelassen. Ob er jetzt mit dem Laufen begonnen hatte, um bei ihr punkten zu können? Diese Frage beschäftigte die Kommissarin stärker, als sie es sich eingestehen wollte.

Im Foyer des Art-Déco-Hotels roch es nach starkem Ostfriesentee und nach frischen Waffeln mit Schlagsahne. Enno warf bereits einen sehnsüchtigen Blick in Richtung des Restaurants, das sich in einem Wintergarten befand. Zwischen großen Zimmerpalmen saßen die Gäste an Marmortischen und genossen den Blick auf den Inselbahnhof und den grünen Georg-Schütte-Platz mit den Ruhebänken und der benachbarten Touristinformation.

Mona präsentierte der Rezeptionistin ihren Dienstausweis.

»Moin, wir müssen mit Leo Knecht sprechen.«

Die Angestellte nannte die Zimmernummer, und die Kommissare fuhren mit dem Aufzug in die dritte Etage hoch. Enno schlug mit seiner großen Faust gegen das Holz der Tür.

»Herr Knecht? Hier ist die Polizei.«

Es erklang ein Geräusch, das sich wie ein unterdrückter Fluch anhörte. Dann wurde ein Schlüssel umgedreht. Der TV-Koch öffnete die Tür einen Spalt breit. Er kniff misstrauisch die Augen zusammen.

»Was wollen Sie?«

Mona ging sofort in die Offensive.

»Einen schönen Gruß von Ihrem Freund Jonte Relling. Wir wissen alles!«

»Jonte Relling? Wer soll das sein?«

»Wir beide haben Sie in seiner Gesellschaft gesehen, hinter dem Hotel Teutonia«, erklärte Enno freundlich. »Ich schlage vor, dass wir alles Weitere in Ihrem Zimmer besprechen.«

»Oder auf der Polizeiwache«, ergänzte Mona.

Knecht gab zögernd die Tür frei. Die Ermittler betraten den elegant eingerichteten Raum. Enno nannte dem Verdächtigen seinen und Monas Namen.

»Nett haben Sie es hier«, meinte die Kommissarin. »Bemerkenswert, dass ein Fernsehkoch auf dem absteigenden Ast sich so eine Unterkunft leisten kann.«

»Wenn Sie mich nur beleidigen wollen, können Sie gleich wieder gehen!«, brauste Knecht auf. Mona hatte ihre Bemerkung natürlich nicht ohne Hintergedanken fallengelassen. Sie wollte ihn aus der Reserve locken. Und das schien ihr zu gelingen.

»Sie wissen, dass Tiemo Kopper nicht mehr lebt?«, hakte Mona nach.

Knecht schnaubte wie ein Stier.

»Natürlich, es gibt ja auf Borkum anscheinend kein anderes Thema mehr!«

»Sogar nach dem Tod Ihres schärfsten Konkurrenten dreht sich alles nur um ihn«, meinte die Kommissarin. »Das Leben kann schon ungerecht sein, nicht wahr? Jonte Relling hat übrigens ein komplettes Geständnis abgelegt. Sie können also Ihre Lage nur verbessern, indem Sie ebenfalls Farbe bekennen.«

Mona hatte bewusst nicht verraten, was genau die Polizei von dem Beikoch erfahren hatte. Es schien ihr sinnvoller, Knecht darüber im Unklaren zu lassen. Seine Augenlider flatterten, obwohl er sichtlich um Fassung bemüht war.

»Ich weiß wirklich nicht, was das alles soll«, murmelte er.

»Erleichtern Sie einfach Ihr Gewissen, dann sind wir ganz schnell wieder weg«, kündigte Enno an. Knecht war unruhig zwischen Bett und Fenster hin und her gelaufen. Nun ließ er sich in einen der schweren Klubsessel fallen und ächzte wie ein Mann, der unter Atemwegsproblemen leidet.

»Also gut, ich wollte dem überheblichen Herrn Kopper eine Lektion erteilen. Also beauftragte ich dieses Beikochbürschchen damit, ihm Rizinusöl zu verabreichen. Aber Sie wollen doch wohl nicht behaupten, dass der Kerl daran zugrunde gegangen ist!«

»Das Obduktionsergebnis liegt uns noch nicht vor«, erwiderte die Kommissarin wahrheitsgemäß. Sie behielt allerdings für sich, dass Relling die Zutaten gar nicht präpariert hatte. Es konnte nichts schaden, den Starkoch ein wenig in seinem eigenen Saft schmoren zu lassen.

Knecht rang die Hände.

»Kopper war ein Mistkerl, er ging über Leichen. Bilden Sie sich nicht ein, dass ich ihm auch nur eine Träne nachweine. In unserer Branche wird mit harten Bandagen gekämpft, daran bin ich gewöhnt. Aber Kopper hat zu richtig schmutzigen Mitteln gegriffen, um mich aus dem Rennen zu werfen. Da ist es doch nur gerecht, dass ich ihm eine kleine Lektion erteilen wollte, oder?«

Die Ermittler ließen die Frage offen.

»Könnten Sie etwas genauer werden?«, wollte Enno wissen.

Der Starkoch seufzte und senkte den Kopf.

»Kopper hat bei dem TV-Sender die übelsten Gerüchte über mich verbreitet, dass ich Kontakte zu Kriminellen hätte und so weiter. Die Herren in der Chefetage waren zu sehr um ihre weißen Westen besorgt und setzten mich auf die Abschussliste. Und das ist einzig und allein Koppers Schuld!«

»Aber so ganz aus der Luft gegriffen ist der Vorwurf nicht«, gab Mona zu bedenken. »Ihr Freund Jonte Relling beispielsweise hat einige Vorstrafen auf dem Kerbholz.«

»Der Kerl ist nicht mein Freund, und mit Koppers Tod habe ich nichts zu tun!«

Die Kommissarin sprach einen anderen Aspekt an.

»Wussten Sie, dass er einen Kugelfisch zubereiten wollte?«

Knecht wirkte überrascht.

»Das stimmt also wirklich? Ich habe im Radio gehört, dass Kopper diese japanischen Meeresbewohner auf dem Speisezettel hatte. Ich hielt das aber für ein Gerücht der Medienfritzen. Ich stehe schon mein ganzes Erwachsenenleben lang am Herd, aber an diese Tiere würde ich mich nicht herantrauen. Nun wird mir klar, dass Kopper an seiner eigenen Selbstüberschätzung zugrunde ging. Es ist nicht umsonst verboten, Kugelfische in Deutschland auf den Tisch zu bringen! Naja, er war eben eine Spielernatur.«

»Wie meinen Sie das?«

»Wie ich es sage, Frau Sander! Er war ein Zocker. Früher mag Kopper eine Leidenschaft fürs Kochen gehabt haben. Inzwischen konnte er sich nur noch für Poker, Black Jack und Roulette begeistern. Und Sie wissen ja, wohin die Spielerei früher oder später führt.«

»Wollen Sie andeuten, dass Tiemo Kopper Geldprobleme hatte?«, hakte Enno nach.

»Das würde mich nicht wundern«, antwortete Knecht. »Wenn Sie mir nicht glauben, dann rufen Sie einfach bei den Hamburger Spielbanken an. Ich wäre nicht verblüfft, wenn man Kopper dort gesperrt hätte.«

»Wir werden dem Hinweis nachgehen«, versprach Mona. »Und mich interessiert auch, aus welchem Grund Sie sich weiterhin auf unserer schönen Insel aufhalten. Ihr größter Konkurrent ist tot. Ich kann mir nicht vorstellen, dass Sie nur wegen der guten Luft nach Borkum gekommen sind.«

Knecht antwortete nicht sofort. Die Kommissarin fragte sich, ob er an einer möglichst überzeugenden Lüge feilte. Nach einer Weile öffnete er den Mund.

»Ursprünglich wollte ich sofort abreisen, nachdem mein Abführmittel-Attentat gelungen war. Auf Koppers Tod hatte ich ganz gewiss nicht spekuliert. Doch nachdem er nicht mehr lebt, werden die Karten neu gemischt. Ich wollte an seine Managerin herantreten und sie darum bitten, ab sofort für mich zu arbeiten.«

»Ist Paula Wiesner denn so gut in ihrem Fach?«

»Sie ist die Beste, Frau Sander. Meiner Meinung nach verdankte Kopper seinen Erfolg zum größten Teil ihren Fähigkeiten. Leider hat sich bisher noch keine Gelegenheit ergeben, mit Paula Wiesner ins Gespräch zu kommen.«

»Auf mich wirken Sie nicht sehr schüchtern«, bemerkte die Kommissarin trocken.

Knecht seufzte.

»Das bin ich auch nicht, aber bei solchen Verhandlungen ist Fingerspitzengefühl gefragt. Ich habe herausgefunden, dass die Managerin sich nach Koppers Tod buchstäblich in ihrem Zimmer im Hotel Teutonia verbarrikadiert hat. Ich habe ihr auf den Anrufbeantworter gesprochen und warte auf ihren Rückruf.«

Falls diese Behauptungen stimmten, musste Koppers Tod Paula Wiesner sehr stark getroffen haben. War sie für den Starkoch womöglich mehr gewesen als nur seine Managerin? Mona vergegenwärtigte sich, dass Kopper ein Verhältnis mit Berit Gelbmann gehabt hatte. Warum sollte der verheiratete Mann nicht auch etwas mit Paula Wiesner anfangen?

Oder hatte sein Tod etwas mit seinen mutmaßlichen Geldproblemen zu tun?

Die Kommissarin legte ihre Visitenkarte auf den kleinen Schreibtisch in dem Hotelzimmer.

»Sie sagen also, dass Sie mit Tiemo Koppers Tod nichts zu tun haben«, stellte Enno fest. »Fällt Ihnen denn jemand ein, der ihn ermordet haben könnte?«

»Es ist ein offenes Geheimnis in der Branche, dass Kopper gerne fremdging. Seine Frau ist rasend eifersüchtig. Ich habe sie mal bei einem Sektempfang des Hamburger Gastronomieverbandes gesehen. Da hat Kopper ein paar Sekunden zu lange mit einer jungen Cocktailkellnerin geredet. Daraufhin kam seine holde Gattin Ulrike herangestürmt. Sie hätte der Bedienung gewiss die Augen ausgekratzt, wenn es nicht so viele Zeugen gegeben hätte.«

Mona nahm sich vor, die Ehefrau des Toten genauer zu durchleuchten, sobald sie auf Borkum eingetroffen war. Die Kommissarin sagte:

»Das wäre für den Moment alles, Herr Knecht. Bitte rufen Sie uns an, falls Ihnen noch etwas einfällt.«

»Je früher Sie den wahren Täter finden, desto besser«, gab der TV-Koch zum Abschied von sich.

Mona warf ihrem Kollegen einen Seitenblick zu, als sie das Hotelzimmer verließen.

»Ich wette, du würdest jetzt gern eine Waffel essen, Enno.«

»Manchmal glaube ich, du kannst meine Gedanken lesen. Das ist schon fast unheimlich. Naja, eine kleine Stärkung zwischendurch kann nichts schaden.«

Sie lachte und kniff ihm spielerisch in die Wange.

Wenig später hatten die Kriminalisten an einem der Fenstertische im Hotelrestaurant Platz genommen. Sie blickten auf den Inselbahnhof, wo gerade ein Zug der Borkumer Kleinbahn eingetroffen war. Die Urlauber wuchteten ihre großen Rollkoffer aus den bunten nostalgischen Waggons und machten sich auf den Weg zu ihren Unterkünften. Obwohl die Hauptsaison schon vorbei war, schien der Zustrom an Touristen und Kurgästen nicht abzureißen.

Der Oberkommissar bestellte Tee sowie Waffeln mit Schlagsahne für Mona und sich selbst. Dann sagte er: »Knecht ist kein netter Mensch, aber wie ein eiskalter Mörder kommt er mir auch nicht vor.«

»Da würde ich dir zustimmen. Es ist wirklich zum Mäusemelken, dass wir noch kein Obduktionsergebnis haben. Bevor nicht klar ist, ob Kopper überhaupt von einer anderen Person getötet wurde, hängen wir in der Luft.«

Der Ostfriese nickte.

»Ich kann mich an keinen anderen Kriminalfall erinnern, bei dem Fremdeinwirkung so schwer nachzuweisen war. Wenn Tiemo wirklich an dem Fischgift gestorben ist, könnte sein Tod als ein unglückseliger Unfall zu den Akten gelegt werden.«

»Dabei bin ich sicher, dass es nicht mit rechten Dingen zugegangen ist«, stöhnte Mona. »Nur einen Beweis dafür haben wir bisher vergeblich gesucht. Wenn die Geschichte von Relling und Knecht stimmt, kann man diesen Abführmittel-Anschlag als Dumme-Jungs-Streich abtun.«

»Ja, doch Knecht könnte sich selbst verraten haben«, gab Enno zu bedenken. »Wenn Tiemo seinen kometenhaften Aufstieg wirklich hauptsächlich seiner Managerin zu verdanken hat, könnte man daraus ein handfestes Mordmotiv ableiten. Frau Wiesner hätte wohl kaum zwei konkurrierende Küchenmeister gleichzeitig vertreten. Also musste Tiemo verschwinden, bevor Knecht sich ihr andienen konnte.«

»Ich verstehe sowieso nicht, weshalb ein Koch eine Managerin braucht«, gestand Mona. »Wenn Kopper wirklich so gut in seinem Fach war, dann hätte es sich von selbst herumsprechen müssen.«

Der Oberkommissar hob die Schultern.

»Anscheinend muss man heutzutage die Werbetrommel rühren, um bemerkt zu werden.«

Die Ermittler widmeten sich nun ihren köstlichen warmen Waffeln. Nach dem Snack kehrten sie zur Polizeistation zurück, wo Mona sofort zum Telefonhörer griff. Sie nahm Kontakt mit der Zentrale der Hamburger Spielbanken auf. Nach einigem Hin und Her bekam sie tatsächlich die Information, dass Kopper in der Elb-Metropole als spielsüchtig galt und ihm daher der Eintritt in die offiziellen Casinos der Stadt Hamburg verwehrt wurde.

Enno hatte das Telefonat über Lautsprecher mitgehört.

»Wenn Tiemo sein Problem nicht in den Griff bekommen hat, dann steckte er finanziell tatsächlich in der Klemme. Zumindest besteht der Verdacht, dass es so ist.«

»Und er könnte sich mit Unterweltgestalten eingelassen haben, die ihm Geld zu Wucherzinsen gaben. Als er mit seinen Raten in Verzug geriet, wollten sie womöglich ein Exempel statuieren.«

»Es gibt momentan auf Borkum garantiert eine Person, die über Tiemos Vermögen Bescheid weiß.«

Die Kommissare fuhren die kurze Strecke zum Hotel Teutonia hinüber. Der beleibte Kriminalist klopfte an die Zimmertür der Managerin.

»Frau Wiesner, hier ist die Polizei. Wir müssen noch einmal mit Ihnen sprechen.«

»Ich kann nicht mit Ihnen reden, ich habe eine entsetzliche Migräne. Womöglich geht es mir morgen Vormittag besser. Lassen Sie mich jetzt bitte in Ruhe!«

Die Stimme klang so gequält, dass sie sich Monas Meinung nach sehr glaubhaft anhörte. War es wirklich der Tod des Starkochs, der die Managerin so niedergeknüppelt hatte?

»In Ordnung, dann versuchen Sie bitte, morgen zur Polizeistation zu kommen«, sagte Enno, wobei er seinen mächtigen Schädel der Tür näherte. »Wir wünschen Ihnen gute Besserung. Wenn wir nichts von Ihnen hören, schauen wir noch einmal hier vorbei.«

Es kam keine Antwort.

Die Ermittler verbrachten den Rest des Arbeitstages damit, die Alibis von möglichst vielen Personen zu überprüfen, die während der TV-Aufzeichnung im Saal oder allgemein im Hotel gewesen waren.

Es stellte sich heraus, dass auch Unbefugte problemlos in die Küche hätten gelangen können. Die Zutaten für Koppers Fischgericht waren auf einer Anrichte vorbereitet worden, die sich in unmittelbarer Nähe eines Notausgangs befand. Trotz der Morddrohungen hatte es niemand für nötig befunden, die Nahrungsmittel zu bewachen. Auch die Polizei nicht, wie Mona zugeben musste.

Sie und Enno hatten sich während ihrer Anwesenheit im Saal auf potentielle Attentäter mit Stich- oder Schusswaffen konzentriert. Sie waren nur kurz in der Küche gewesen. Dort hatte das Kamerateam gerade Kopper bei den Vorbereitungen gefilmt. Auch von diesen Frauen und Männern hätte jeder in einem günstigen Moment das Essen vergiften können.

Der Kommissarin schwirrte der Kopf.

»Wir müssen die Lebensläufe dieser Personen durchleuchten und nach einem Mordmotiv Ausschau halten«, stellte Enno mit seiner üblichen Bärenruhe fest. »Aber das schaffen wir heute nicht mehr.«

Kapitel 8

Mona war noch viel zu aufgedreht, um in ihrer gemütlichen kleinen Wohnung an der Walfangerstrate ruhig auf dem Sofa sitzen zu können. Das Gehen bereitete ihr nach wie vor Schmerzen, doch beim Radfahren machte sich ihr verstauchtes Fußgelenk kaum bemerkbar.

Also schwang sie sich nach Feierabend in den Sattel ihres Rades und setzte sich in Bewegung. Zunächst gondelte sie nur ziellos durch die Gegend, bewegte sich zwischen Hindenburgstraße und dem Kleinen Kaap. An gut ausgebauten Radwegen herrschte auf Borkum nun wirklich kein Mangel.

Schließlich ertappte die Kommissarin sich dabei, dass sie die Reedestraße ansteuerte und Richtung Hafen fuhr. Sie musste sich nicht fragen, weshalb sie das tat. Es ging ihr nicht darum, die Segel- oder Motoryachten anzuschauen. Und sie wollte gewiss auch keine Fähre nach Emden oder Eemshaven besteigen. Abgesehen davon, dass die letzte Autofähre des Tages bereits abgelegt hatte.

Während sie die Kiekhütte am Reededamm passierte, dachte sie an Jan Lummer. Er war ein unkomplizierter Typ, zwar ein paar Jahre älter als sie, doch mit dem Herzen auf dem rechten Fleck. Ob er sich wirklich für Mona interessierte? Sie machte sich keine Illusionen über ihren eigenen Charakter. Viele Männer wurden durch ihre aufbrausende und impulsive Art abgeschreckt. Auch ihr Polizeiberuf wirkte auf manche Interessenten nicht gerade anziehend. Außerdem wollte Mona keine Kurzzeit-Affäre mit einem Urlauber anfangen, der nach ein paar Wochen wieder verschwand. Sie wünschte sich einen Freund, der wie sie selbst ganzjährig auf Borkum wohnte. Und durch diese Einschränkungen schrumpfte die Auswahl an möglichen Kandidaten enorm zusammen.

Die *Nordsee Kajüte* befand sich in einer ruhigen Straße unweit des Yachthafens. Es war noch früh, das Abendgeschäft hatte gerade erst begonnen. Die Kommissarin hoffte insgeheim, dass Jan Zeit für sie haben würde.

Sie betrat den gemütlichen Gastraum, der mit Fischernetzen, Rettungsringen, Ankern, Sextanten und anderen seemännischen Gegenständen dekoriert war. Der Wirt stand hinter der Theke und polierte ein Glas. Er blickte auf und strahlte wie ein Honigkuchenpferd, als er die Ermittlerin erkannte.

»Moin, Jan.«

»Moin, Mona. Ich habe dich lange nicht gesehen!«
Sie ließ sich auf einen der Barhocker gleiten und stemmte ihre Unterarme auf die sauber gewischte Theke. Momentan befanden sich weder Segler noch andere Gäste in dem Lokal. Jan konnte sich also hundertprozentig Mona widmen.
Warum soll ich nicht auch mal Glück haben?, dachte sie und lächelte ihn an.
»So, du hast mich also nicht bemerkt, als du heute an der Jann-Berghaus-Straße joggen warst?«
Ihre Frage schien den Wirt zu überraschen.
»Du weißt davon?«
»Ja, weil Enno dich bemerkt hat. Ich war auch dort, aber du hast mich nicht gesehen. Das gilt umgekehrt allerdings genauso.«
Jan wirkte peinlich berührt.
»Ich trainiere erst seit ein paar Wochen … Möchtest du ein Bier?«
»Ja, und Seelachs mit Kartoffelsalat wäre auch nicht schlecht.«
»Ich sage eben Pepe Bescheid.«
Jan verschwand durch die metallenen Schwingtüren in Richtung Küche, kehrte aber sofort zurück und begann mit dem Bierzapfen.
»Pepe schmeißt das Seelachsfilet in die Fritteuse, du kannst schon mal die Messer wetzen, Mona.«
»Danke, aber lenk nicht vom Thema ab: Warum bist du jetzt unter die Läufer gegangen?«
»Dann bist du also gar nicht dienstlich hier?«
»Wäre dir eine polizeiliche Befragung lieber, Jan? Wahrscheinlich, weil du mir dann nicht mehr ausweichen könntest.«
Der Wirt lachte und warf sich das Geschirrhandtuch über die linke Schulter.
»Du bist wirklich nicht auf den Mund gefallen, Mona! Also gut, ich bekenne mich schuldig: Ich will etwas für meine Fitness tun!«
Die Kommissarin legte den Kopf schief und zwinkerte dem Mann hinter der Theke zu.
»Woher kommt denn dein plötzliches Interesse an Sport?«
Jan wand sich wie ein Aal, während sie ihn mit ihren Fragen löcherte. Trotzdem war sie überzeugt davon, dass er dieses Geplänkel genoss. Während ihrer Jahre als Kriminalistin hatte Mona gelernt, die Körpersprache eines Menschen zu lesen. Sie war oftmals aussagekräftiger als die Worte, die aus den Mündern der Männer und

Frauen kamen. Und Jans Haltung zeigte nur allzu deutlich sein Interesse an ihr.

Oder fiel sie gerade auf ihr eigenes Wunschdenken herein?

»Naja, wenn man immer nur hinter dem Tresen steht, dann rostet man schnell ein …«, murmelte Jan.

»Und mit der Zeit setzt man Fett an«, fügte Mona gnadenlos hinzu.

»Dein Kollege ist noch viel dicker als ich, außerdem habe ich durch die Rennerei schon zwei Kilo verloren. – Hier, zum Wohl!«

Jan stellte ein Bierglas vor die Kommissarin auf die Theke. Sie nahm einen großen Schluck und wischte sich den Schaum von den Lippen. Die Nordsee Kajüte war eine Nichtraucherkneipe. Aus diesem Grund konnte Mona sich auf ihren Geruchssinn hundertprozentig verlassen, weil er nicht durch Tabakqualm beeinträchtigt wurde.

»Du hast auch ein neues Rasierwasser!«, rief sie triumphierend.

»Wie kommst du denn darauf?«

»Meine kriminalistische Spürnase täuscht sich nicht«, erwiderte Mona und zwinkerte dem Wirt zu. Das Gespräch wurde unterbrochen, weil in diesem Moment Pepe aus der Küche kam und den Teller mit Seelachs und Kartoffelsalat auf die Theke stellte. Er legte auch Messer und Gabel sowie eine Papierserviette daneben, wünschte einen guten Appetit und verzog sich schnell wieder in die Küche.

Mona schnitt ein Stück Fisch ab und schob es sich in den Mund.

»Köstlich wie immer«, meinte sie kauend. »Dafür lasse ich doch die Kreationen eines jeden Sternekochs sausen!«

»Das freut mich«, erwiderte Jan lächelnd. »Zumal diese Star-Küchenmeister ja sehr gefährlich zu leben scheinen. Wisst ihr schon, wer Tiemo Kopper getötet hat?«

»Schönes Wetter heute.«

Er rollte mit den Augen.

»Ich weiß, dass du mit mir nicht über deine Arbeit sprechen darfst, Mona. Aber ganz Borkum fragt sich, was an dem Abend im Hotel Teutonia wirklich geschehen ist.«

»Dann wird ganz Borkum sich wohl noch gedulden müssen. Von mir erfährst du nur, dass dieser Seelachs richtig gut schmeckt und sogar bezahlbar ist. Und das ist mehr, als man von den Gerichten so mancher Edel-Gastronomen behaupten kann.«

»Ich bin jedenfalls froh, dass du nicht von Koppers Kugelfisch gegessen hast. Er soll ja vergiftet worden sein …«

»Sagt *wer*?«, fauchte Mona. »Du musst nicht jeden Unsinn glauben, der im Internet steht. Die Untersuchung läuft auf Hochtouren, aber mehr sage ich dir nicht. Willst du mir den Abend verderben? Dann esse ich meinen Fisch in Zukunft lieber anderswo!«

»Nein!«, gab Jan erschrocken zurück. »So war das doch nicht gemeint!«

Die Aussicht, Mona nicht so schnell wiederzusehen, schien ihn wirklich zu beunruhigen. Diese Beobachtung fand sie natürlich schmeichelhaft, und ihre Reaktion war vielleicht wirklich etwas harsch gewesen. Aber mit diesem Charakterzug der Kommissarin würde er leben müssen. Sie fuhr zwar nicht mehr ganz so schnell aus der Haut wie in früheren Jahren, doch so tiefenentspannt und ausgeglichen wie Enno würde sie wohl niemals werden.

Die Ermittlerin kam auf das Thema zurück, das sie eigentlich interessierte.

»Willst du vielleicht mal mit mir zusammen joggen gehen? Ich trainiere ja schon etwas länger und könnte dir ein paar Tipps geben. Viele Anfänger machen den Fehler, dass sie sich zu viel zumuten. Dann holen sie sich eine Zerrung und hören wieder auf.«

Jan strahlte.

»Ja, das ist eine gute Idee. So ganz unerfahren bin ich aber nicht. Bei der Bundeswehr mussten wir viel rennen, und das auch noch teilweise mit Marschgepäck.«

»Dein Grundwehrdienst dürfte schon ein paar Jährchen her sein«, gab Mona kess zurück. Jan schien zu überlegen, ob er ihr die Bemerkung übelnehmen sollte. Doch stattdessen lachte er.

Die Stimmung zwischen ihnen war gut, und der Wirt freute sich offenbar aufrichtig über Monas Besuch. Trotzdem schien er aus irgendeinem Grund ein schlechtes Gewissen zu haben. Die Kommissarin verfluchte sich innerlich selbst, weil sie einfach nicht hundertprozentig abschalten konnte. Sie beschloss, den Stier bei den Hörnern zu packen. Nachdem sie aufgegessen hatte, schob sie den Teller beiseite und schaute Jan direkt in die Augen.

»Also, was hast du auf dem Herzen?«

Sein Lächeln gefror.

»Wovon sprichst du? Wir verabreden uns irgendwo, vielleicht beim Aquarium. Dann laufen wir …«

Mona fiel ihm ins Wort. Sie war jetzt sehr ernst.

»Jan, ich mag dich. Trotzdem bin ich sicher, dass du mir etwas verschweigst. Wenn du mit mir joggen oder reden oder sonst etwas tun willst, dann musst du deine Karten auf den Tisch legen. Früher oder später finde ich sowieso heraus, was los ist. Und ich möchte nicht von dir enttäuscht werden.«

Der Wirt nickte langsam. Er räumte den Teller ab, um etwas Zeit zu gewinnen. Dann sagte er: »Es ist keine große Sache, und es betrifft gar nicht mich.«

»Na, dann kannst du ja mit der Sprache herausrücken!«

Monas Geduld hielt sich in Grenzen. Immerhin schien sie den richtigen Riecher gehabt zu haben. Das war in diesem Moment allerdings kein Trost.

»Ich komme mir schäbig vor, wenn ich jemanden bei der Polizei verpfeife. So etwas habe ich noch nie getan.«

»Heute wirst du es tun«, sagte die Kommissarin ihm auf den Kopf zu. »Es lohnt sich immer, bei der Wahrheit zu bleiben.«

»Es ist ja nicht so, als ob ich einen Mörder decken würde …«

»Jan, ich will jetzt wissen, was los ist!«

»Kennst du den alten Alert Botter?«

»Den Invaliden? Ja, flüchtig. Warum?«

»Er war vor drei Tagen hier, an dieser Theke. Alert hat ein wenig über den Durst getrunken und wurde gesprächig. Das ist bei ihm ungewöhnlich, er hält normalerweise lieber die Klappe.«

Mona forderte Jan mit einer Handbewegung zum Weitersprechen auf.

»Alert vermietet schwarz!«, platzte der Wirt heraus. »Jedenfalls hat er sich damit gebrüstet. Er hat ein Gästezimmer in seinem Haus hergerichtet, von dem niemand etwas weiß, weder die Kurverwaltung noch die Touristinformation …«

» … oder das Finanzamt«, ergänzte Mona. »Wie kommt er an die Mieter? Er kann ja kein Schild mit der Aufschrift ZIMMER FREI ins Fenster hängen.«

»Alerts Enkel wohnt in Hamburg und hat im Internet eine Seite eingerichtet, über die Interessenten Kontakt aufnehmen können. Jedenfalls, wenn ich den Alten richtig verstanden habe. Wenn jemand das Zimmer will, ruft der Enkel seinen Opa an, denn mit Computern steht der Alte auf Kriegsfuß.«

Die Ermittlerin nickte langsam. Natürlich konnte man diese Geschichte nicht einfach durchgehen lassen, es wäre gegenüber den ehrlichen Zimmervermietern ungerecht gewesen. Andererseits hatte sie momentan Wichtigeres zu tun, als sich über illegale Vermietungen den Kopf zu zerbrechen. Sie nahm sich vor, bei Gelegenheit ein ernstes Wort mit Alert Botter zu reden. Das würde wahrscheinlich schon reichen.

»Und das ist alles, was du mir beichten wolltest, Jan?«

Er nickte eifrig.

»Ja, Mona. Ich wusste ja, dass die Sache nicht astrein ist. Trotzdem komme ich mir mies vor, weil ich den Alten verpfiffen habe. Er hat es nicht leicht im Leben.«

»Für mich ist wichtig, dass du aufrichtig warst«, betonte sie und legte ihre Hand einen Moment lang auf seine. »Wollen wir einen Termin zum Joggen ausmachen?«

Kapitel 9

Der nächste Morgen begann auf Borkum mit einem leichten Nieselregen, aber dadurch wurde Monas Laune nicht getrübt. Wer sich von schlechtem Wetter die Petersilie verhageln ließ, konnte ihrer Meinung nach in Ostfriesland nicht glücklich werden. Außerdem galt nach wie vor die alte Binsenweisheit, dass in dieser Region alle vier Jahreszeiten an einem Tag stattfinden. Und so war es auch diesmal. Mona fuhr von ihrer Wohnung aus in voller Regenmontur los, doch als sie wenig später bei der Polizeistation eintraf, herrschte schon wieder strahlender Sonnenschein. Eine kräftige Brise hatte die dunklen Wolken Richtung Festland getrieben.

Enno saß bereits auf seinem Platz.

»Moin, Mona! Das Obduktionsergebnis und die kriminaltechnische Auswertung sind eingetroffen.«

»Endlich!«, stieß die Kommissarin hervor. »Was steht denn drin?«

»Ich habe mir die Berichte noch nicht angeschaut, wollte auf dich warten.«

Mona selbst hätte diese Geduld nicht aufgebracht. Sie ging zu ihrem Kollegen hinüber und linste ihm über die Schulter.

»Dann lass mal sehen!«

Enno widmete sich zunächst der Leichenbeschau.

»Oh, da haben wir gleich schon die erste Überraschung. Tiemo starb an einer Intoxikation, also einer Vergiftung ...«

»Ich weiß auch, was dieses Wort bedeutet!«, gab Mona zurück. »Aber in dem Text ist von Blausäure die Rede. Die leuchtend roten Leichenflecken wären ein Indiz dafür, dass dieses Gift verwendet wurde. Außerdem konnte eine hohe Konzentration im Blut der Leiche nachgewiesen werden. Haben sich die Herren Gerichtsmediziner auch nicht geirrt? Ich habe versucht, Tiemo Kopper wiederzubeleben. Und dabei hätte mir dieser typische Bittermandelgeruch von Blausäure auffallen müssen.«

»Du warst an dem Tag ziemlich erkältet«, erinnerte der Oberkommissar. Er hatte recht. Monas Schnupfen war schnell wieder abgeklungen, da sie sich viel an der frischen Luft aufhielt und ihre Nase mit Salzwasser durchspülte. Als sie sich um den TV-Koch gekümmert hatte, streikte jedenfalls ihr Geruchssinn.

»Wenn Kopper eindeutig an Blausäure starb, dann haben wir es mit einem Mord zu tun«, stellte Mona klar. »Kugelfische enthalten nämlich nicht dieses Gift, sondern Tetrodotoxin, wie wir inzwischen gelernt haben. Der Mörder oder die Mörderin wollte den Tod des TV-Kochs wie einen tragischen Unfall aussehen lassen.«

»Der Täter hätte sich aber denken können, dass wir das Opfer obduzieren lassen«, meinte der füllige Ostfriese.

»Vielleicht dachte er, dass bei einem angenommenen Unfalltod keine Leichenbeschau erfolgt, Enno. Das können wir ihn oder sie fragen, sobald die Handschellen geklickt haben. – Was steht denn noch in dem Obduktionsbericht?«

»Tiemo war kerngesund, es gab keine Vorerkrankungen. Die Blausäure war offenbar hoch konzentriert. Wir haben ja mit angesehen, dass er nur ein wenig von dem Gericht probiert hat und daraufhin innerhalb weniger Minuten starb.«

»Jetzt haben wir immerhin Gewissheit und können uns auf die Suche nach dem Täter oder der Täterin machen«, stellte Mona klar. »Und was haben die Kriminaltechniker herausgefunden?«

»In Tiemos Hosentasche befand sich eine kleine Blechdose, die hochwertiges Kokain enthielt«, erklärte Enno, nachdem er den zweiten Bericht überflogen hatte. Seine tiefe Stimme verriet Erstaunen. Und auch Mona hatte nicht mit einem Drogenfund gerechnet.

»Aber in Koppers Blut war kein Koks enthalten?«

Der Oberkommissar schüttelte den Kopf.

»Nein. Du weißt so gut wie ich, dass die Gerichtsmediziner routinemäßig auch einen Drogentest durchführen. Wenn Tiemo innerhalb der letzten drei Tage vor seinem Tod das Zeug konsumiert hätte, wäre das nicht unbemerkt geblieben.«

»Also war das Kokain womöglich gar nicht für Kopper selbst gedacht? Laut Obduktionsbericht hatte er keine gesundheitlichen Einschränkungen. Wenn er über längere Zeit drogenabhängig gewesen wäre, wäre sein Körper nicht in so einem guten Zustand gewesen.«

Enno reagierte nicht sofort auf Monas Bemerkung. Sie konnte sein Gesicht nicht sehen, weil sie immer noch hinter ihm stand. Sie legte ihre Hand auf seine Schulter und beugte sich zu ihm hinab.

»Noch steht nicht fest, ob dein Schulfreund wirklich ein Dealer gewesen ist. Es kann tausend Gründe dafür geben, dass er die Drogen bei sich hatte.«

Der Ostfriese sah traurig und mutlos aus.

»Ach, wirklich? Und welche?«

Die Kommissarin machte eine unbestimmte Handbewegung.

»Beispielsweise könnte Kopper das Kokain einem Mitarbeiter abgenommen haben, der in der Küche Mist gebaut hat. Oder jemand aus seinem Umfeld hat ihn um das Koks angefleht. Ich denke da beispielsweise an Berit Gelbmann. Als wir die Frau kennenlernten, war sie voll wie eine Strandhaubitze. Bei ihr würde mich nicht wundern, wenn sie sich ab und zu auch ein wenig weißes Pulver ins Näschen ballert.«

»Ja, das ist möglich«, murmelte Enno. »Wir müssen auf jeden Fall die Wahrheit ans Licht bringen, auch wenn sie schmerzhaft ist. Tiemo war kein enger Freund von mir, aber wir sind immerhin gemeinsam zur Schule gegangen. Es wäre bitter für mich, wenn er wirklich mit Drogen gehandelt hätte.«

»Die Kriminaltechniker haben bei der Durchsuchung seines Hotelzimmers nichts Verdächtiges gefunden«, erinnerte Mona. »Ein richtiger Dealer hätte gewiss größere Mengen Stoff zur Hand, nicht nur so eine kleine Blechdose.«

»Tiemo kann das Kokain irgendwo in der Nähe gebunkert haben«, wandte der Oberkommissar ein. »Er war gebürtiger Borkumer und kannte wahrscheinlich hier auf der Insel sehr gute Verstecke.«

Mona gab ihrem Kollegen spontan einen Kuss auf die Wange.

»Was soll das denn?!«, fragte er entgeistert.

»Ich will deine Laune verbessern«, gab sie lächelnd zurück. »Wir sollten uns nicht an diesem blöden Kokain festbeißen. Wir sind keine Drogenfahnder, sondern sollen einen Mord aufklären. Das Koks ist in meinen Augen nur ein weiteres Puzzleteilchen.«

Bevor Mona weiterreden konnte, platzte Grietje herein.

»Die Ehefrau des Starkochs ist eingetroffen und will unbedingt mit euch reden.«

»Gut, schick sie bitte gleich zu uns«, erwiderte Mona.

»Ich bin doch nicht euer Dienstmädchen.«

Doch trotz ihres kessen Spruchs machte die junge Polizeimeisterin auf dem Absatz kehrt, um Ulrike Kopper zu holen. Zu Monas

Erleichterung grinste Enno schon wieder breit. Es hatte ihr leidgetan, ihn so trübsinnig zu sehen.

»Was ist denn so komisch, mein Lieber?«

»Wenn Grietje auch nur ein paar Momente früher hereingeplatzt wäre, hätte sie mitbekommen, dass du mich geküsst hast.«

Nun musste auch Mona lachen.

»Ja, und dank der größten Tratsche des Reviers hätten innerhalb von dreißig Minuten alle Kollegen darüber Bescheid gewusst.«

Enno verkniff sich eine Antwort, denn nun kehrte Grietje in Begleitung einer Frau in schwarzer Kleidung zurück. Ulrike Kopper war nach Monas Schätzung ungefähr vierzig Jahre alt. Ihr blasses Gesicht wirkte angespannt, sie hatte dunkle Schatten unter den Augen. Das dunkelbraune Haar war nach Art einer Pagenfrisur geschnitten worden.

Die Ermittler standen auf, während Grietje sich wortlos wieder aus dem Staub machte. Enno nannte Monas und seinen Namen. Dann sagte er: »Frau Kopper, wir möchten Ihnen unser aufrichtiges Beileid aussprechen.«

»Danke.«

Die Stimme der Witwe war brüchig. Die Kommissarin deutete auf ihren Besucherstuhl, und Ulrike Kopper nahm Platz.

»Möchten Sie einen Tee?«, fragte der Oberkommissar.

»Ja, das ist sehr freundlich.«

Er ging hinaus und kehrte wenig später mit einer Kanne, Tasse, Sahne und Kandis zurück. Die Witwe bewies ihre Kenntnis ostfriesischer Lebensart, indem sie zuerst die Kluntjes in die Tasse tat, dann den Tee hineingoss und erst zum Schluss die Sahne hinzufügte. Natürlich ohne umzurühren.

Ulrike Kopper nahm einen Schluck, bevor sie zu sprechen begann.

»Tiemos Managerin gibt der Polizei die Schuld an seinem Tod, das behauptet sie zumindest. Ich glaube, dass Paula Wiesner einen Sündenbock braucht.«

Mona wurde hellhörig.

»Wie meinen Sie das, Frau Kopper?«

»Bevor ich Ihre Frage beantworte, würde ich gern erfahren, ob Sie mir über die Todesumstände meines Mannes Genaueres sagen können. Die Medien verbreiten die Nachricht, dass er beim Zubereiten eines Kugelfisch-Gerichts gestorben wäre, nachdem er seine eigene Kreation abgeschmeckt hat.«

»In groben Zügen stimmt das«, erwiderte Enno. »Die Obduktion hat ergeben, dass Ihr Ehemann ermordet wurde. Von einer absichtlichen Selbsttötung oder einem Unfall gehen wir nicht aus.«

Frau Kopper trank noch mehr Tee. Sie war sichtlich um Fassung bemüht.

»Konnten Sie schon jemanden verhaften?«

»Wir ermitteln auf Hochtouren«, versicherte die Kommissarin.

»Womöglich kann ich Ihnen behilflich sein«, sagte die Witwe. »Ich glaube nämlich, dass Paula Wiesner meinen Mann auf dem Gewissen hat.«

Für einen Moment herrschte Totenstille in dem Dienstzimmer. Die einzigen Geräusche kamen von draußen, weil gerade ein Zug in den nahe gelegenen Inselbahnhof einfuhr und das Warnsignal der Schranke an der Bismarckstraße ertönte.

»Warum verdächtigen Sie die Managerin?«, wollte Mona wissen.

»Tiemo erzählte mir kürzlich, dass Paula Wiesner größere Geldsummen veruntreut hat. Er wollte Beweise sammeln, um damit zur Polizei zu gehen. Dann hätte er diese saubere Dame wegen Unterschlagung anzeigen können. Zunächst machte er gute Miene zum bösen Spiel und ließ sich nicht anmerken, dass er die falsche Schlange durchschaut hatte. Womöglich hat die Managerin Verdacht geschöpft und wollte meinen Mann für immer zum Schweigen bringen, bevor er die Beweise vorlegen konnte. Also erfand sie eine Bedrohung, damit Tiemo während der TV-Aufzeichnung Polizeischutz erhielt. Sie vergiftete seine Zutaten und schob Ihnen die Schuld für seinen Tod in die Schuhe.«

Mona überlegte. Es konnte wirklich so gewesen sein, wie die Witwe es geschildert hatte. Womöglich war die Trauer der Managerin nur sehr gut geschauspielert gewesen. Allerdings hatten die Annahmen einen kleinen Schönheitsfehler: Die Kommissarin war sicher, dass Paula Wiesner sich die allermeiste Zeit im Saal aufgehalten hatte.

Natürlich konnte auch ein Komplize die Zutaten vergiftet haben. Da kam Mona plötzlich eine Idee, die sie später mit Enno unter vier Augen besprechen wollte. Nun sprach der Oberkommissar zunächst die Witwe an:

»Frau Kopper, wir ermitteln in alle Richtungen. Deshalb muss ich Sie fragen, ob Tiemo sich für Glücksspiele interessiert hat.«

Die Witwe schüttelte den Kopf.

»Und Sie haben keine finanziellen Probleme?«, bohrte Enno weiter nach.

»Nein.« Ulrike Kopper wirkte eher amüsiert als beleidigt. »Wie kommen Sie darauf?«

»Es gab einen Hinweis«, erwiderte Enno vage. »Und ist Ihnen etwas von Drogenerfahrungen Ihres Ehemanns bekannt?«

Die Witwe blieb ruhig.

»Nein, überhaupt nicht. Ich kann mir aber lebhaft vorstellen, dass die Managerin solche Gerüchte in Umlauf bringt, um den Ruf meines verstorbenen Mannes zu ruinieren und von sich selbst abzulenken. Wenn Sie im Rauschgiftmilieu nach Tiemos Mörder fahnden würden, müsste Paula Wiesner sich keine Sorgen machen.«

Das ist wohl wahr, dachte Mona. Sie sagte: »Könnte jemand Ihrem Mann Drogen untergeschoben haben?«

»So eine Aktion würde ich der Managerin durchaus zutrauen. Tiemo war nicht süchtig.«

»Sagt Ihnen der Name Berit Gelbmann etwas?«

»Leider ja, Frau Sander. Die Gelbmann ist eine glühende Verehrerin meines Mannes. Warum erkundigen Sie sich nach ihr? Ist sie auf Borkum?«

Die Kommissarin antwortete nicht.

Ulrike Kopper fuhr fort: »Diese Frau ist gefährlich. Ihr würde ich ebenfalls zutrauen, Tiemo etwas angetan zu haben.«

»Wurde sie schon einmal gewalttätig?«, wollte Mona wissen.

»Nein, obwohl es wegen ihr schon einmal einen Polizeieinsatz gab. Sie ist in unser Haus eingedrungen und hat sich in unser Ehebett gelegt, stellen Sie sich das einmal vor!«

Die Ermittlerin machte sich bereits fleißig Notizen.

»Wann war das?«

»Diese Begegnung muss schon fünf oder sechs Jahre zurückliegen. Ich hatte es geschafft, nicht mehr daran zu denken. Aber Gelbmann ist ja ein ziemlich ungewöhnlicher Name, den vergisst man nicht so schnell.«

»Haben Sie Frau Gelbmann damals angezeigt?«

»Selbstverständlich. Sie wurde zu einer Bewährungsstrafe verurteilt, weil sie nicht vorbestraft war. Seit dieser unglückseligen Nacht habe ich nie wieder etwas von ihr gehört.«

»Ich muss Sie das fragen, Frau Kopper: Halten Sie es für möglich, dass Ihr Ehemann ein Verhältnis mit dieser Dame hatte?«, hakte die Kommissarin nach.

Die Witwe schüttelte heftig den Kopf.

»Auf keinen Fall, Tiemo litt doch nicht unter Geschmacksverirrung.«

Mona führte sich vor Augen, dass Berit Gelbmann sich als Koppers »Lebensgefährtin« bezeichnet hatte. War das reines Wunschdenken oder hatte der TV-Koch ein Doppelleben geführt? Nach Ulrike Koppers Aussage erschien die Rolle der trinkfreudigen Blonden nun in einem ganz anderen Licht.

Nun schaltete Enno sich in den Wortwechsel zwischen den beiden Frauen ein.

»Die Managerin hat behauptet, dass Ihr Ehemann Morddrohungen erhalten hätte. Können Sie diese Behauptung bestätigen?«

»Ja, obwohl ich inzwischen glaube, dass Paula Wiesner diese Briefe höchstpersönlich fabriziert hat. Wie gesagt, sie wollte falsche Spuren legen, um von sich selbst abzulenken.«

»Haben Sie die Drohbriefe der Hamburger Polizei übergeben?«

»Ja, Herr Moll. Wir haben Anzeige gegen unbekannt erstattet. Die Ermittlungen wurden aufgenommen, aber bisher habe ich nichts gehört.«

»Hat Ihr Ehemann Ihnen gegenüber jemals den Namen Kathrin Lorenz erwähnt?«, fragte Mona. Die Witwe schien überrascht.

»Nein, wer ist das?«

»Zurzeit läuft die Ermittlung noch, deshalb müssen wir uns mit Informationen zurückhalten«, antwortete die Kommissarin.

»Ich verstehe. Ich bin vorhin mit der Fähre angekommen und möchte jetzt im Hotel Teutonia einchecken. Falls Sie noch Fragen haben, können Sie mich jederzeit kontaktieren.«

Ulrike Kopper nannte den Ermittlern ihre Mobilnummer. Dann verabschiedete sie sich.

Kapitel 10

»Berit Gelbmann scheint uns einen gewaltigen Bären aufgebunden zu haben«, meinte Enno nach einem kurzen Schweigen.

»Ja, und das wird ihr noch leidtun!«, fauchte Mona. »Aber momentan sollten wir uns zunächst um die Managerin kümmern. Unsere neuesten Informationen deuten doch auf ein handfestes Mordmotiv!«

Der Oberkommissar breitete die Arme aus.

»Ich gebe dir recht, aber es dürfte schwierig sein, Paula Wiesner das Präparieren der Zutaten nachzuweisen. Wir waren mehrere Stunden lang vor Ort, und ich hatte die Frau meist im Blickfeld.«

»Ich auch, Enno. Deshalb bin ich sicher, dass sie mit einem Komplizen zusammengearbeitet hat. Und mir ist vorhin eingefallen, wo wir ihn finden könnten.«

Sie berichtete ihrem Kollegen von Alert Botters illegaler Zimmervermietung. Der erfahrene Ermittler nickte langsam.

»Ja, das ist plausibel. Paula Wiesner konnte sich denken, dass wir alle Borkum-Besucher überprüfen, die über ihre Vermieter Kurtaxe zahlen müssen. Und ein Gast von Alert fällt logischerweise durch dieses Raster. – Woher weißt du überhaupt von dieser unlauteren Einnahmequelle?«

»Jan Lummer hat es mir erzählt, aber das ist jetzt nebensächlich«, gab Mona eilig zurück. Der hünenhafte Ostfriese grinste breit.

»So, dann hattest du also eine Verabredung mit deinem Verehrer.«

»Willst du mich über mein Liebesleben ausfragen oder einen Mörder fangen? Los, wir müssen das Eisen schmieden, solange es heiß ist.«

Enno war diplomatisch genug, nicht länger auf dem Thema herumzureiten. Die Kommissare meldeten sich ab und fuhren mit ihrem Dienstwagen Richtung Reede. Alert Botters kleines Haus befand sich an der Ronden Plate, in unmittelbarer Nähe des Yachthafens und der Nordsee Kajüte. Wenn der Alte sich ein Bierchen genehmigen wollte, waren es für ihn nur wenige hundert Meter bis zu Jan Lummers Gaststätte.

Im Auto herrschte Schweigen, bis es von Mona gebrochen wurde.

»Ich war gestern Abend rein zufällig in der Nordsee Kajüte. Beim Gespräch mit Jan kam es mir so vor, als ob er mir etwas verschwieg.

Ich sagte es ihm auf den Kopf zu. Daraufhin berichtete er mir von Botters geheimer Vermietungspraxis.«

»Jan ist ein netter Kerl, finde ich. Und ich wollte dich nicht auf den Arm nehmen, Mona. Ich glaube, dass er dich wirklich mag.«

Sie spürte, wie ihre Wangen sich vor Verlegenheit röteten.

»Wenn ich meine Gefühlswelt vor dir ausbreiten will, kannst du später immer noch den Briefkastenonkel spielen. Jetzt interessiert mich vor allem, was Botter für ein Mensch ist. Ich kenne ihn nämlich nur flüchtig. Haben wir von ihm Ärger zu erwarten?«

Enno schüttelte den Kopf.

»Er wird nicht gerade begeistert davon sein, dass wir ihn bei einer Ordnungswidrigkeit ertappen. Alert hatte vor Jahren einen schweren Arbeitsunfall, als er noch zur See gefahren ist. Sein linkes Bein ist seitdem steif geblieben. Er ist ein wenig verschlossen und mürrisch, aber harmlos. Auf jeden Fall wird er nicht einem Mörder ein falsches Alibi geben.«

»Wollen wir es hoffen«, gab Mona seufzend zurück.

Wenig später parkte ihr Kollege unmittelbar vor dem Haus des Alten. Es gab hier in Hafennähe nur wenig Wohnbebauung, die Nachbargebäude waren ein Lagerschuppen und eine Werkstatt. Wer sich hier eine Unterkunft suchte, legte gewiss wenig Wert auf einen idyllischen Ausblick.

Enno klopfte an die Tür.

»Alert, mach auf!«, rief er. »Wir wissen, dass du daheim bist!«

Das stimmte zwar nicht, doch die tiefe Stimme des Oberkommissars verfehlte ihre Wirkung nicht. Mona hörte, wie die Fußbodendielen knarrten. Dann wurde ein Schlüssel im Schloss umgedreht, und jemand öffnete die Tür einen Spalt breit.

Alert Botter war ein magerer Mann, den die Ermittlerin auf Mitte siebzig schätzte. Er stand leicht vorgebeugt da, als ob er eine schwere Last schultern müsste. Sein Gesicht war tief gebräunt, wie man es oft bei Menschen sah, die ihr ganzes Arbeitsleben im Freien verbracht hatten. Sein kantiges Gesicht wurde von einem schneeweißen Kinnbart geschmückt, er trug einen Rollkragenpullover und eine Cordhose.

»Ach, der kleine Enno!«, krächzte Alert. »Ist das deine Freundin?«

Mona fand es bemerkenswert, dass Botter den Zwei-Meter-Mann als klein bezeichnete. Vermutlich wollte der Alte damit ausdrücken, dass ihr Kollege ungefähr fünfzehn Jahre jünger war als er selbst.

Enno lachte und schüttelte den Kopf.

»Nee, Mona ist meine Kollegin. Ich bin bei der Polizei, das weißt du doch. Und wir müssen dringend mit dir reden.«

Botters Miene war undurchdringlich. Die Kommissarin konnte ihm nicht ansehen, ob er den Grund des Besuchs ahnte. Mona spürte, wie ihre Anspannung stieg. Die Körpersprache des Rentners war nicht aggressiv. Doch wenn ihre Vermutung stimmte, dann beherbergte er Tiemo Koppers Mörder in seinem Haus. Und wie der Täter auf das Erscheinen der Polizei reagieren würde, ließ sich überhaupt nicht einschätzen.

Mona hatte den Reißverschluss ihres Anoraks geöffnet, um möglichst schnell ihre Pistole ziehen zu können.

»Na, dann kommt meinetwegen herein«, brummte Botter. »Ich habe ja sowieso nichts Besonderes vor.«

Die Ermittler betraten das Haus, in dem die Zeit stehengeblieben zu sein schien. Die Möbel aus dunklem Holz stammten nach Monas Meinung aus den Fünfzigerjahren des vorigen Jahrhunderts. Der Wandschmuck bestand nur aus einigen kitschigen Ölgemälden, auf denen Segelschiffe zu sehen waren. Auch der Röhrenfernseher verrichtete gewiss seit einigen Jahrzehnten treu seinen Dienst. Botter hatte seine Gäste in die »gute Stube« geführt. Er deutete auf das Sofa und ließ sich selbst ächzend in einen Sessel fallen. Sein linkes Bein blieb dabei ausgestreckt.

»Ich hatte noch nie die Polizei im Haus, was wollt ihr denn von mir?«

Mona lächelte ihn an. Manchmal erreichte sie mehr, indem sie als junge Frau einfach nur gegenüber älteren Männern freundlich war. Das funktionierte allerdings nur, wenn die Kommissarin die entsprechende Person einigermaßen sympathisch fand. Und sie mochte Botter, trotz seiner abweisenden Art.

»Es geht uns hauptsächlich um deinen Gast, Alert.«

»Ich vermiete nicht, Maria.«

»Ich heiße Mona. – Du kannst dir und uns eine ganze Menge Ärger sparen, indem du die Karten auf den Tisch legst. Wir sind nicht hier, um dich bei der Kurverwaltung oder dem Finanzamt anzuschwärzen. Der Gast, den du bei dir aufgenommen hast, ist möglicherweise gefährlich.«

Botter lachte meckernd.

»Gefährlich? Niemals! Da hat euch jemand verschaukelt. Glaubt mir, die ist harmlos wie ein gerade geborener Seehund.«

Enno ging zu dem Alten hinüber und klopfte ihm auf die Schulter.

»Du taugst einfach nicht zum Gesetzesbrecher, Alert. Wir sind noch keine Minute in deinem Haus, und schon hast du zugegeben, einen weiblichen Gast aufgenommen zu haben.«

»Verflucht, du hast recht! Ich hätte nie gedacht, dass ihr mir auf die Schliche kommt. Aber meine Rente ist klein, und die offizielle Registrierung als Vermieter gibt es auch nicht umsonst. Außerdem muss man die Einnahmen versteuern.«

Mona unterbrach den Redefluss des Alten.

»Ist dein Feriengast jetzt anwesend?«

»Das weiß ich nicht, ich biete das Zimmer ohne Frühstück an. Dafür ist es auch sehr billig. Sie hat einen eigenen Schlüssel und kann kommen und gehen, wann sie will.«

»Wo ist das Zimmer?«, wollte Mona wissen.

»Am Ende des Korridors, auf der linken Seite. Direkt neben dem Bad. Aber ihr irrt euch, die Frau tut keiner Fliege etwas zuleide.«

Die Kommissare antworteten nicht, sondern traten auf den Flur hinaus. Sie hatten ihre Dienstwaffen bereits gezogen. Enno klopfte an die Zimmertür. Von drinnen war kein Geräusch zu hören.

Botter war den Ermittlern gefolgt. Mona drehte sich zu ihm um.

»Hast du noch einen Schlüssel für das Zimmer?«

»Ja, sicher.«

Der Alte gab ihr den Schlüssel. Die Kommissarin war auf alles gefasst, als sie die Tür öffnete. Doch in der bescheidenen Unterkunft konnte man keine Bedrohung erkennen. Die Bewohnerin hatte den Raum offenbar verlassen und ihr Gepäck mitgenommen. Das Bett war ordentlich gemacht, der leere Kleiderschrank stand weit offen. Die Einrichtung bestand ohnehin nur aus Bett, Schrank, einem Stuhl und einem Tischchen. Wer sich hauptsächlich im Freien aufhalten und die Insel erkunden wollte, war mit einer solchen Bleibe zweifellos gut bedient.

Botter schüttelte den Kopf.

»Na, so etwas! Da ist die Frau doch abgereist, ohne sich von mir zu verabschieden. Wenigstens hat sie im Voraus bezahlt.«

»Wie lautete der Name deines Gastes?«, fragte Enno.

»Karin Schmidt.«

Nach Monas Ansicht konnte ein solcher Allerweltsname falsch sein. Vor allem bei einer Frau, die sich bewusst für eine nicht registrierte Ferienadresse entschied. Sie hakte nach.

»Wann ist Frau Schmidt denn angereist?«

»Vor fünf Tagen.«

»Hast du dir einen Ausweis oder ein anderes Personaldokument zeigen lassen?«

»Nee, warum auch? Die Frau machte einen guten Eindruck auf mich.«

Mona verkniff sich einen Kommentar. Stattdessen bat sie den Alten darum, seinen Gast möglichst genau zu beschreiben.

Botter begann bereitwillig zu reden. Er war ein guter Beobachter, wie die meisten aktiven oder ehemaligen Seeleute. Sie konnten von der Form und Beschaffenheit der Wolken Rückschlüsse auf die Entwicklung des Wetters während der kommenden Stunden ziehen und irrten sich nur selten. Auch in Zeiten der satellitengestützten Schifffahrt war die traditionelle Wetterbeobachtung immer noch wichtig.

Die Kommissare sagten zunächst nichts, als Botter mit seiner Schilderung fertig war. Sie mussten sich von der Überraschung erholen.

»Du hast uns sehr geholfen, Alert«, sagte Enno schließlich.

»Werde ich Ärger wegen der Vermietung bekommen?«

»Wenn du schlau bist, meldest du dich noch heute bei der Kurverwaltung an«, erwiderte der Oberkommissar. »Natürlich ist eine Gebühr fällig, aber so teuer ist das auch nicht. Es gibt außer dir noch einige andere Privatvermieter auf der Insel, die nicht auf Rosen gebettet sind.«

Und Mona gab Botter ihre Visitenkarte.

»Rufst du uns bitte an, falls die Frau sich noch einmal bei dir melden sollte?«

»Mach ich.«

Die Kommissare stiegen in den Opel Vectra, Enno ließ den Motor an.

»Fahren wir zum Hotel Teutonia?«

»Ja, selbstverständlich! Und dann wird Ulrike Kopper uns erklären müssen, warum sie schon seit Tagen auf Borkum ist und sich als Karin Schmidt ausgegeben hat!«

Kapitel 11

Mona war sauer, vor allem auf sich selbst.

Sie hatte geglaubt, über eine gute Menschenkenntnis zu verfügen. Das war ihrer Meinung nach eine der wichtigsten Voraussetzungen für ihren Polizeiberuf. Doch der Witwe des TV-Kochs war sie auf den Leim gegangen. Die Kommissarin hatte nicht einen Moment lang daran gezweifelt, dass Ulrike Kopper wirklich erst am Morgen von Hamburg aus angereist war. Und auch die Informationen über Berit Gelbmann und die Managerin Paula Wiesner waren ihr als äußerst hilfreich erschienen.

Auf der Rückfahrt vom Hafen Richtung Ortskern ließ sie ihrem Unmut freien Lauf.

»Es würde mich nicht wundern, wenn die Kopper ihren Ehemann höchstpersönlich um die Ecke gebracht hat! Das Motiv hat sie uns ja sozusagen auf dem Silbertablett serviert, nämlich Tiemos Beziehung zu Berit Gelbmann. Wer weiß, wie lange der Heuchler schon eine Geliebte hatte. Irgendwann ist der holden Gattin dann der Kragen geplatzt, und sie beschloss, ihren Ehemann zu beseitigen. Sie hat garantiert auch gewusst, dass er diesen giftigen Fisch zubereiten wollte.«

Der Oberkommissar nickte langsam.

»Ja, und da sie schon seit fünf Tagen auf Borkum war, konnte sie in aller Ruhe die Hotelküche auskundschaften. Das Teutonia ist kein Hochsicherheitstrakt. Man kann problemlos in die Räumlichkeiten eindringen, die dem Personal vorbehalten sind. Allerdings sehe ich momentan noch nicht, wie wir ihr die Tat nachweisen wollen. Sie wird nicht automatisch zur Mörderin, weil sie die Polizei angelogen hat.«

»Das ist mir auch bewusst«, murrte Mona. »Trotzdem finde ich es höchst verdächtig, dass die Witwe sich unter falschem Namen auf Borkum einmietet, um garantiert nicht entdeckt zu werden. Ganz zu schweigen von ihrer Montur!«

»Wie meinst du das?«

Die Kommissarin rollte ungeduldig mit den Augen.

»Männer! Ich weiß ja, dass du ein Modemuffel bist. Aber findest du es nicht ziemlich seltsam, dass Ulrike Kopper Trauerkleidung eingepackt hat, als sie auf unserer Insel eintraf? Also einige Tage, *bevor* ihr Ehemann starb?«

»Naja, sie trug eine schwarze Hose und eine schwarze Bluse. Das beweist noch gar nichts.«

Das wusste Mona natürlich auch. Trotzdem war die Trauerkleidung der frischgebackenen Witwe in ihren Augen ein weiteres Indiz, das ins Bild passte. Oder maß sie der schwarzen Montur zu viel Bedeutung bei? Die Lüge beim Gespräch auf der Polizeiwache ließ sich jedenfalls nicht wegdiskutieren.

Enno brachte das Auto vor dem Hotel Teutonia zum Stehen. Die Kommissare betraten das Foyer. Sofort kam die Rezeptionistin auf sie zugestürmt. Die Mitarbeiterin kannte die Polizisten in Zivil, weil sie Mona und Enno schon während verschiedener Einsätze im Hotel kennengelernt hatte.

»Das ging ja schnell, ich habe erst vor einer Minute die Polizei verständigt!«

Die Kommissarin runzelte die Stirn.

»Wir wollen eigentlich … worum geht es denn?«

»Einer unserer Beiköche ist niedergeschlagen worden, er ist ohne Bewusstsein!«

Die Rezeptionistin deutete aufgeregt Richtung Hotelküche. Mona rannte bereits los, Enno folgte ihr keuchend. Die gesamte Küchencrew befand sich in hellem Aufruhr. Die Köche und Spülhilfen redeten und gestikulierten wild durcheinander. Die Ermittlerin bahnte sich einen Weg zwischen den Umstehenden. Nur Barne Tiek hatte die Nerven behalten, indem er das Opfer in eine stabile Seitenlage drehte.

Der Bewusstlose mit der blutenden Kopfwunde war kein anderer als Jonte Relling!

Mona glaubte nicht an Zufälle. Dieses neue Verbrechen stand garantiert im Zusammenhang mit dem Mord an Tiemo Kopper. Doch jetzt war nicht die Zeit für Mutmaßungen. Sie musste Fakten sammeln, denn die Tat konnte erst vor Kurzem geschehen sein. Das Blut auf dem Boden war noch nicht getrocknet.

»Was ist geschehen?«, fragte Mona den Chefkoch, der ein sauberes Tuch auf die Wunde presste.

»Ich habe Jonte zur Kühlkammer geschickt, damit er gefrorenen Dill holt«, antwortete Tiek. »Ich brauchte die Kräuter für meinen Suppenansatz, und Jonte weiß genau, wo sie sich befinden. Er blieb zu lange weg, also ging ich nachsehen. Er lag in dem schmalen Gang dort hinten und blutete aus seiner Kopfwunde. Wir haben ihn hierher getragen, um ihm besser helfen zu können. Außerdem sind Polizei und Rettungsdienst verständigt worden.«

Mona nickte und deutete auf dic Umstehenden.

»Kann einer der Kollegen Jonte niedergeschlagen haben?«

»Das ist völlig unmöglich«, behauptete der Chefkoch. »Jeder hat von mir eine Aufgabe bekommen, und ich habe hier in der Hauptküche alles im Blickfeld. Ich hätte bemerkt, wenn jemand nicht an seinem Arbeitsplatz gewesen wäre.«

Bevor die Kommissarin die Befragung fortsetzen konnte, trafen uniformierte Kollegen und ein Rettungsteam ein.

»Ihr könnt wieder abrücken«, sagte Mona zu den Polizisten. »Enno und ich kümmern uns hier um alles.«

Sie trat zur Seite, damit der Notarzt und die Sanitäter sich um den Verletzten kümmern konnten.

»Hast du mitgekriegt, was Tiek mir erzählt hat?«

Der Oberkommissar nickte.

»Wir sollten uns mal dort hinten genauer umschauen.«

Sie deutete in die Richtung, wo sich die Kühlkammer befand. Der Gang war sehr schmal. Für Mona war es nachvollziehbar, dass Jontes Kollegen ihm nicht direkt dort geholfen hatten. Der Platz reichte nicht aus, hier konnten zwei Menschen nicht nebeneinander stehen.

Die Kommissarin holte ihr Smartphone heraus, um den Tatort zu fotografieren.

»Sieh dir das an, Enno. Hier ist die Tür zur Kühlkammer. Jonte musste sich drehen, um den Türgriff zu sich hin zu ziehen. In dem Moment hat ihn mindestens ein Schlag von hinten getroffen.«

Monas Kollege zeigte auf die Wand.

»Ja, und zwar mit einer ziemlichen Wucht, wie man an dem Spritzmuster des Blutes erkennen kann. Andernfalls würde man nicht noch so weit oben an der Wand Spuren bemerken.«

Die Ermittlerin ergänzte: »Ich tippe auf einen harten Gegenstand, vielleicht ein Rohr oder eine Stange. Außerdem sollten wir uns bewusst machen, dass es hier sehr eng ist. Der Täter konnte nicht seitlich ausholen, sondern musste von oben nach unten schlagen. Die Wucht wird also entsprechend groß gewesen sein.«

Der Oberkommissar hatte sich bereits Latexhandschuhe übergestreift. Er ging an seiner Kollegin vorbei zum Ende des Korridors.

»Hier ist ein Notausgang, der Täter ist wahrscheinlich auf diesem Weg eingedrungen und auch wieder geflohen. Wir müssen ein Kriminaltechnik-Team anfordern, vielleicht hat er verwertbare Spuren hinterlassen.«

Enno öffnete die Tür. Eine Windbö brachte Sand vom nahe gelegenen Hauptstrand mit. Der Notausgang führte direkt zur Bubertstraße. Dort waren momentan keine Passanten zu sehen. Der Ostfriese drehte sich zu Mona um.

»Eine Nahbereichsfahndung bringt nichts, solange wir keine Beschreibung eines Verdächtigen haben. Lass uns das Küchenpersonal befragen.«

Doch zuvor erkundigten die Kommissare sich bei dem Notarzt nach Jonte Rellings Gesundheitszustand.

»Es besteht der Verdacht auf Schädelbasisbruch, der Patient ist ohne Bewusstsein«, erklärte der Mediziner. »Wir nehmen ihn mit ins Stadtkrankenhaus.«

Enno bat darum, informiert zu werden, sobald Relling ansprechbar war. Dann wandte er sich an seine Kollegin.

»Ich werde mal an der Rezeption nachfragen, ob Ulrike Kopper auf ihrem Zimmer ist. Es wäre zu ärgerlich, wenn wir sie verpassen. Danach komme ich wieder zu dir.«

»Gute Idee, ich höre mich hier inzwischen um«, sagte Mona. Sie ging zu den Köchen und Spülhilfen hinüber.

»Ist jemandem von Ihnen etwas Verdächtiges aufgefallen? Haben Sie Personen gesehen, die in der Küche nichts zu suchen hatten? Einige von Ihnen werden mitbekommen haben, dass wir Ihren Kollegen Jonte Relling im Zusammenhang mit dem Tod von Tiemo Kopper befragt haben. Verhielt Relling sich in letzter Zeit anders als sonst? Hatte er neue Kontakte?«

Das Personal schien sich wirklich um Mithilfe zu bemühen. Doch keiner von ihnen konnte einen Hinweis geben. Nur eine junge Spülhilfe lächelte verschmitzt.

»Du weißt doch mehr!«, sagte die Ermittlerin ihr auf den Kopf zu.

»Ach, das hat bestimmt nichts zu bedeuten«, erwiderte die Frau. »Ich war vorgestern draußen, um eine Zigarette zu qualmen. Da habe ich Jonte gesehen, wie er mit einem Mädel geknutscht hat.«

»Alles kann wichtig sein«, betonte Mona. »Wie sieht diese Freundin denn aus?«

»Ziemlich flippig«, gab die Zeugin zurück. Und sie lieferte eine Beschreibung ab, die auf Kathrin Lorenz passte!

Hier spielt wohl niemand mit offenen Karten, dachte die Kommissarin grimmig. Erneut ärgerte sie sich über sich selbst. Warum hatte sie nicht überprüft, ob es eine Verbindung zwischen der unehelichen Tochter des TV-Kochs und Jonte Relling gab? Andererseits: Was hatten die beiden gemeinsam, außer dass sie ungefähr im selben Alter waren?

Die Ermittlerin gab der Zeugin eine Visitenkarte.

»Bitte ruf mich an, falls dir noch etwas einfällt. Jede Kleinigkeit kann wichtig sein. Und du solltest bitte nach Feierabend zur Polizeiwache kommen, damit wir deine Angaben schriftlich niederlegen können.«

Die Küchenhilfe nickte. Sie schien zu spüren, dass sie eine entscheidende Aussage gemacht hatte. Von den anderen Mitarbeitern erfuhr die Kommissarin nichts Entscheidendes. Trotzdem bedankte sie sich brav und trat ein paar Schritte seitwärts, um zu telefonieren.

Zunächst rief Mona bei Ulrike Kopper an, aber die Witwe des TV-Kochs hatte ihr Smartphone ausgeschaltet. Danach versuchte sie, Kathrin Lorenz telefonisch zu erreichen. Doch auch dabei hatte sie keinen Erfolg.

Enno kehrte zurück. Die Kommissarin konnte seinem Gesichtsausdruck ansehen, dass er die Witwe nicht angetroffen hatte.

»Frau Kopper hat vor ungefähr einer Stunde das Hotel verlassen und ihren Zimmerschlüssel abgegeben«, berichtete er. »Die Rezeptionistin konnte nicht sagen, wohin sie gehen wollte.«

»Angesichts der Verdachtsmomente ist es sicher vertretbar, dass wir uns in ihrem Zimmer umsehen«, meinte Mona. »Ich möchte wirklich wissen, was diese Frau im Schilde führt.«

Als die Kommissare gemeinsam zur Rezeption gingen, trafen sie dort auf Paula Wiesner. Bevor die Managerin etwas sagen konnte, stürmte Mona auf sie los.

»Wann haben Sie Frau Kopper vom Tod ihres Ehemanns benachrichtigt?«

Paula Wiesner war so perplex, dass sie wie aus der Pistole geschossen antwortete.

»Das war unmittelbar nach den dramatischen Ereignissen bei der TV-Aufzeichnung. Warum fragen Sie?«

»Haben Sie Frau Kopper auf dem Festnetz oder auf dem Smartphone angerufen?«

»Auf dem mobilen Anschluss. Sie sagte mir vor einigen Wochen, dass der Festnetzanschluss gestört sei und sie sich momentan oft außer Haus aufhält. Warum ist das alles denn so wichtig, Frau Sander?«

»Sind Sie Frau Kopper bereits hier auf Borkum begegnet?«

»Nein, ich habe gerade eben erst von der Rezeptionistin erfahren, dass sie auf der Insel eingetroffen ist. Jetzt möchte ich aber endlich erfahren, was dieses Verhör soll!«

Mona hielt dem bohrenden Blick der Managerin stand.

»Die Witwe beschuldigt Sie, Geld veruntreut und ihren Ehemann getötet zu haben.«

»Das ist verrückt!«, regte Paula Wiesner sich auf. »Sind Sie sicher, dass Sie nichts falsch verstanden haben? Wenn Frau Kopper so denkt, soll sie es mir ins Gesicht sagen.«

»Also treffen diese Anschuldigungen nicht zu?«, vergewisserte Enno sich.

»Selbstverständlich nicht, Herr Moll! Meinetwegen können Sie gern meine Finanzen durchleuchten, ich habe nichts zu verbergen. Und ich habe keinen Vorteil durch Tiemo Koppers Tod, ganz im Gegenteil. Er war derjenige meiner Klienten, der mir das meiste Geld eingebracht hat.«

Mona ging nicht auf die Beteuerungen ein. Sie nahm sich vor, ab sofort nichts mehr zu glauben, was ihr bei diesem Mordfall erzählt wurde. Die Kommissarin wollte sich nur noch an die Fakten halten.

»Wo waren Sie während der vergangenen Stunde?«, fragte Mona.

»Ich habe mir eine Massage gegönnt, um mich nach dem ganzen Stress zu entspannen.«

»Dann kann die Hotel-Masseurin Ihr Alibi also bestätigen?«

»Ja, Frau Sander. Aber wieso benötige ich denn überhaupt ein Alibi?«

Mona öffnete schon den Mund, aber Enno kam ihr zuvor. Er schenkte der Managerin ein freundliches Lächeln und sagte: »Es ist alles in bester Ordnung, Frau Wiesner. Sind Sie heute noch mit Frau Kopper verabredet? Wir müssten sie nämlich dringend sprechen und wissen nicht, wo wir sie finden können.«

»Das kann ich Ihnen leider auch nicht sagen«, behauptete die Managerin.

Der Oberkommissar nahm ihr das Versprechen ab, dass sie sich melden würde, sobald die Witwe ihr begegnete.

Dann verließ Paula Wiesner das Hotel.

Eine Angestellte begleitete die Ermittler zu Ulrike Koppers Zimmer, um aufzuschließen.

»Warum hast du gesagt, dass alles in Ordnung sei?«, raunte Mona Enno zu. »Hier herrscht doch nur noch Chaos.«

»Du hättest beinahe die Managerin verdächtigt, Jonte Relling angegriffen zu haben«, erwiderte der wohlgenährte Ostfriese. »Und ich wollte vermeiden, dass du dich unnötig bei ihr unbeliebt machst. Sie hat sich schließlich schon einmal bei Oltbeck über uns beschwert. Es lässt sich äußerst leicht nachprüfen, ob sie sich wirklich durchkneten ließ. Und die Attacke auf Jonte Relling ist keineswegs länger als eine Stunde her.«

»Ja, da sind wir uns einig«, gab Mona kleinlaut zu. »Ich war wohl wieder einmal zu unüberlegt.«

»Wir haben eben alle unsere Fehler«, philosophierte Enno.

Das Zimmer der Witwe befand sich im zweiten Stockwerk mit Blick auf die Nordsee. Die Rezeptionistin schloss die Tür auf und blieb auf dem Korridor stehen, während die Ermittler den Raum betraten. Sie verfügten über keinen Durchsuchungsbefehl, aber angesichts von Ulrike Koppers Lügen und ihrer mutmaßlichen Verstrickung in den Mord an ihrem Ehemann war Gefahr im Verzug.

Das Zimmer war weitaus geräumiger und luxuriöser als die bescheidene Unterkunft bei Alert Botter. Mona wusste nicht, ob es sich bei den Möbeln um echte Antiquitäten oder um neue Stücke im Stil des neunzehnten Jahrhunderts handelte. Die Ermittler zogen sich Latexhandschuhe über.

Mona blieb nachdenklich neben dem großen Himmelbett stehen. Sie suchte nach Hinweisen auf Ulrike Koppers Verstrickung in den Mord an ihrem Ehemann. Falls die Witwe wirklich diese Tat auf dem Gewissen hatte, würde sie gewiss keine Blausäure mehr bei sich haben. Es sei denn, sie wollte noch ein weiteres Verbrechen begehen.

»Warum befindet sich Ulrike Kopper schon einige Tage auf Borkum?«, dachte Mona laut nach.

»Um den Mord an Tiemo vorzubereiten«, schlug ihr Kollege vor.

»Ja, das ist aber nur eine Variante. Es wäre ja auch möglich, dass sie ihm einfach hinterherspionieren wollte, um ihn beispielsweise beim Ehebruch zu ertappen. Die meisten Frauen bringen ja bekanntlich ihre untreuen Gatten nicht um, sondern lassen sich in diesem Fall scheiden. Und Kopper hat sehr gut verdient. Mit einem guten Anwalt in der Hinterhand hätte seine Frau ihn richtig melken können. Das wäre längerfristig viel effektiver gewesen als eine einmalige Erbschaft.«

»Das ist sehr leidenschaftslos gedacht, doch ich gebe dir recht«, meinte Enno.

»Wir müssen die Finanzen der Familie überprüfen lassen, dann ist dieser Punkt endgültig geklärt. – Hey, was ist das?!«

Mona unterbrach sich selbst, während sie die Nachttischschublade durchwühlte. Darin lag eine Bibel, die im Hotel Teutonia zur Standardausstattung der Zimmer gehörte. In der Heiligen Schrift steckte eine Visitenkarte, die wohl als Lesezeichen fungierte.

Es war die Karte vom Oude Hus. Die Kommissarin hielt sie zwischen zwei Fingern hoch und zeigte sie Enno.

»Ja, mit diesen Kärtchen macht Elske Fokken Werbung für ihre Pension«, sagte er. »Da hängt so ein wasserdichtes Kästchen an der Außenwand vom Oude Hus, hast du vielleicht auch schon gesehen. Darin sind die Visitenkarten, man kann sich einfach eine mitnehmen. Aber hältst du die Karte wirklich für einen Beweis? Die kann doch schon seit Monaten oder Jahren in der Bibel stecken.«

»Grundsätzlich würde ich dir zustimmen, mein Lieber. Doch es ist sehr aufschlussreich, an welcher Stelle ich sie gefunden habe. Ich lese mal vor: *Die Ehe soll bei allen in Ehren gehalten werden; es darf zwischen Mann und Frau keinerlei Untreue geben.* Das steht bei Hebräer 13:4.«

Enno pfiff durch die Zähne.

»Dann sieht die Sache schon ganz anders aus. Kathrin Lorenz wohnt im Oude Hus, wie uns bekannt ist. Bei ihr handelt es sich allerdings nicht um Tiemos Geliebte, sondern um seine uneheliche Tochter.«

»Das weiß Ulrike Kopper aber nicht!«, mutmaßte Mona. »Angenommen, sie steigt wirklich ihrem Mann nach, weil sie ihn verdächtigt. Dann sieht sie ihn in trauter Zweisamkeit mit der jungen, hübschen Kathrin Lorenz. Die Kopper verfolgt nun auch Kathrin Lorenz bis zu ihrer Unterkunft. Dort nimmt sich die Ehefrau als Gedächtnisstütze diese Visitenkarte mit. Sie kennt sich womöglich auf Borkum nicht aus und will sichergehen, dass sie die Pension auch wiederfindet.«

Die Stimme des Oberkommissars verriet seine Skepsis.
»Also wurde Tiemo doch durch seine Frau getötet, trotz einer möglichen lukrativen Scheidung?«
»Das weiß ich nicht«, gab die Kommissarin zu. »Fest steht, dass sowohl Ulrike Kopper als auch Kathrin Lorenz momentan nicht erreichbar sind. Womöglich besteht da ein Zusammenhang.«
»Und wo wir gerade über Ehebruch reden, sollten wir auch nicht Tiemos *tatsächliche* Geliebte außer Acht lassen. Wie passt denn Berit Gelbmann in das Bild?«
»Laut Ulrike Kopper ist diese Frau nur ein Quälgeist, der ihrem Ehemann nachstellt. Allerdings würde ich diese Aussage nicht für bare Münze nehmen.«
Während die Kommissare miteinander sprachen, blieben sie nicht untätig. Sie durchsuchten das Zimmer sowie das dazugehörige Bad, konnten allerdings kein Gift oder andere verdächtige Gegenstände entdecken.
Mona musste sich selbst gegenüber zugeben, dass die Visitenkarte ein äußerst dürftiges Indiz war. Die Pensionswirtin hatte im Lauf der Jahre vermutlich Hunderte davon unter die Leute gebracht.
»Die Witwe hat ein ganz normales Gepäck für eine kurze Reise bei sich«, fasste der ostfriesische Ermittler zusammen.
Die Kommissare baten die Angestellte, wieder abzuschließen.
»Mir ist nicht klar, weshalb die Kopper Jonte den Schädel einschlagen sollte«, musste Mona einräumen, als sie zur Polizeistation zurückfuhren.
»Das geht mir genauso«, gestand ihr Kollege. »Der Chef wird nicht begeistert sein, wenn wir ihm von den neuesten Entwicklungen erzählen.«
Mit dieser Vermutung behielt Enno recht, als sie wenig später im Büro des Dienststellenleiters saßen. Nachdem die Ermittler den Stand der Dinge berichtet hatten, hätte Oltbeck sich gewiss am liebsten die Haare gerauft. Leider hatte er schon seit Jahren keine mehr auf dem Kopf.
»Ich weiß nicht, wie lange ich die Zeitungsleute noch in Schach halten kann, Frau Sander und Herr Moll!«
»Die Mediengeier sollen sich an die Pressestelle auf dem Festland wenden, dafür gibt es sie schließlich«, stieß Mona hervor. Oltbeck stöhnte, als ob sie ihm einen Schlag versetzt hätte.

»Ihre Einstellung ist nicht hilfreich, Frau Sander. Außerdem machen sich auch die Bürger Sorgen, solange ein Mörder frei herumläuft. Und die Restaurants klagen, dass kaum noch jemand Fisch essen will.«

»Die Zeitungsfritzen sollen ihren Lesern unter die Nase reiben, dass kein Borkumer Restaurant Kugelfische verarbeitet«, gab Mona ungeduldig zurück. Sie fügte hinzu: »Und selbst wenn die Biester nicht illegal wären, könnte kein normaler Tourist sich die Preise leisten.«

Enno kam ihr zu Hilfe.

»Wir haben mehrere Verdächtige, die alle überzeugende Motive für einen Mord an Tiemo Kopper haben, Herr Oltbeck. Jetzt kommt es nur noch darauf an, das Netz aus Lügen und Halbwahrheiten zu zerschneiden.«

»Dann schneiden Sie bitte«, flehte der Chef. »Und was ist mit der schweren Körperverletzung, von der Sie sprachen?«

»Das Opfer war nicht bei Bewusstsein«, erwiderte Enno. »Wir fahren gleich ins Stadtkrankenhaus, um uns nach seinem Gesundheitszustand zu erkundigen.«

»Ich schlage vor, den Fährhafen und den Flugplatz zu überwachen«, ergänzte Mona. »Wir müssen damit rechnen, dass Ulrike Kopper türmt, nachdem sie uns bei der Mordermittlung an der Nase herumgeführt hat.«

»Gut, darum kümmere ich mich«, sagte Oltbeck und griff zum Telefonhörer. »Ich hoffe wirklich, dass Sie diesen Fall bald abschließen können.«

Die Kommissare verließen die Polizeistation und machten sich auf den Weg. Das Borkumer Stadtkrankenhaus befand sich in der Gartenstraße.

»Wenn wir mit dem Arzt gesprochen haben, sollten wir im Oude Hus vorbeischauen«, schlug Mona vor. »Wenn wir ganz viel Glück haben, hockt Kathrin Lorenz in ihrem Zimmer und schmiedet dunkle Pläne. Dann können wir sie uns vorknöpfen.«

»Du traust ihr nicht?«

»Dafür gibt es ja wohl auch keinen Grund, Enno! Und ich halte es nicht für einen Zufall, dass ausgerechnet Koppers uneheliche Tochter mit dem Kerl geflirtet hat, der das Rizinusöl in die Zutaten mischen sollte.«

»Was Jonte Relling aber letztendlich nicht getan hat. Trotzdem gebe ich dir recht, da ist etwas ganz gewaltig faul.«

»Schön, dass wir uns mal wieder einig sind. Wenn Fortuna es nicht ganz so gut mit uns meint, dann ist Kathrin Lorenz ausgegangen. Aber dann kann die Pensionswirtin uns vielleicht sagen, wohin sie wollte.«

»Ja, Elske Fokken bekommt viel mit«, bestätigte der Oberkommissar nickend. Er kannte die Inhaberin der kleinen Frühstückspension schon sein ganzes Leben lang.

Von der Polizeistation bis zum Hospital waren es mit dem Auto nur wenige Minuten.

Die Kommissare gingen zu Dr. Siemers, der Jonte Relling behandelte.

»Der Verdacht auf einen Schädelbasisbruch hat sich zum Glück nicht bestätigt«, sagte der junge glatzköpfige Mediziner. »Ich habe die Wunde genäht. Der Patient ist nach wie vor besinnungslos. Ich bin optimistisch, dass er morgen im Lauf des Tages zu sich kommt. Aber das ist nur eine Vermutung, die auf Erfahrungswerten basiert. Es kann auch durchaus länger dauern.«

»Können Sie uns zeigen, was Relling bei sich hatte?«, bat Mona.

Der Arzt holte eine Plastiktüte hervor, in der sich verschiedene Gegenstände befanden. Die Kommissare unterschrieben dafür eine Quittung. Sie wollten die Habseligkeiten des Opfers später auf dem Revier genauer untersuchen.

»Würden Sie sagen, dass der Angreifer den jungen Mann töten wollte?«, forschte Enno.

»An Spekulationen beteilige ich mich normalerweise nicht, aber die Wucht des Schlags lässt diese Schlussfolgerung zu. Ich werde Sie jedenfalls sofort unterrichten, wenn der Patient wieder bei Bewusstsein ist.«

Mit dieser Auskunft mussten die Ermittler sich zufriedengeben. Ihr nächstes Ziel war die kleine Pension in Bahnhofsnähe. Elske Fokken fegte gerade den Bürgersteig vor ihrem aus roten Ziegeln bestehenden Friesenhaus, als die Kommissare eintrafen.

»Ihr wollt doch bestimmt wieder zu der Kleinen, oder?«, fragte sie, bevor Mona oder Enno nur eine Silbe von sich geben konnten.

Der Ostfriese nickte.

»Da muss ich euch enttäuschen, sie ist vor ungefähr einer Stunde fortgegangen. Ich weiß nicht, wohin sie wollte.«

»Wie kam sie dir in dem Moment vor?«, wollte Mona von der Pensionswirtin wissen. Elske Fokken stützte sich auf den Besenstiel und blickte nachdenklich Richtung Schienenstrang.

»Das Mädchen wirkte auf mich bedrückt oder beunruhigt. Ich hätte sie gern gefragt, ob sie etwas auf dem Herzen hat. Aber sie schien es eilig zu haben, womöglich wollte sie zu einer wichtigen Verabredung. Vielleicht hängt das mit ihrem Telefonat zusammen, das sie kurz vorher geführt hat.«

»Konntest du hören, worum es ging?«, hakte die Kommissarin nach.

»Ich lausche doch nicht an den Türen meiner Gäste!«, gab die Pensionswirtin zurück. »Trotzdem hörte ich, wie sie mit jemandem sprach, als ich an ihrem Zimmer vorbeiging. Sie wird wohl telefoniert haben. Als ich nämlich später hineinging, um sauber zu machen, war niemand dort. Kathrin Lorenz hatte das Haus ja schon verlassen. Und wenn jemand anders bei ihr gewesen wäre, hätte ich es bemerkt.«

»Dann wird sie wohl wirklich ihr Smartphone benutzt haben«, murmelte Mona. »Und ich kann mir auch vorstellen, mit wem sie gesprochen hat. – Danke, Elske, du hast uns sehr geholfen!«

Die Kommissare verabschiedeten sich. Enno warf seiner Kollegin einen fragenden Blick zu.

»Ich habe eine Vorstellung davon, was geschehen sein muss«, sagte sie. »Ich erzähle dir davon, wenn wir Jontes Sachen untersuchen. Aber zunächst brauche ich ein Mandelhörnchen, sonst kann ich nicht denken.«

»Dafür habe ich vollstes Verständnis«, erwiderte Enno schmunzelnd. Daher kauften die Ermittler auf dem Rückweg zur Polizeistation in der Inselbäckerei ein Mandelhörnchen für Mona und zwei große Stücke Ostfriesentorte für Enno. Als sie wenig später die Dienststelle betraten, war im Wachlokal die Hölle los. Grietje Smit und ihr Kollege Hinderk Ekhoff versuchten gerade mit vereinten Kräften, eine Frau zur Räson zu bringen.

»Braucht ihr Hilfe?«, fragte Mona.

Grietje keuchte vor Anstrengung, schüttelte aber den Kopf. Sie hatte der fluchenden Person den Arm auf den Rücken gedreht.

»Mit dieser Schnapsdrossel werden wir schon fertig! Das Herzchen ist auf der Promenade ausgerastet. Als wir eintrafen, hat sie uns gleich mit einer Eisenstange angegriffen. Ich werde gleich mal einen

Arzt verständigen, während sie sich in der Ausnüchterungszelle abkühlt. Würde mich nicht wundern, wenn sie außer Alkohol noch andere Substanzen intus hat.«

»Das könnte ich mir auch vorstellen«, erwiderte die Kommissarin. Sie schaute der Festgenommenen in das verzerrte Gesicht. Die Unruhestifterin war niemand anders als Berit Gelbmann.

Kapitel 12

Wenig später hatte Grietje die Taschen von Berit Gelbmann ausgeleert und die Frau in den Arrest geschafft. Die Energie der Verhafteten schien verpufft zu sein.

Die junge Polizeimeisterin griff zum Erste-Hilfe-Kasten.

»Berit Gelbmann hat mir den Unterarm zerkratzt, aber Indianerherz kennt keinen Schmerz.«

»Dafür wird sie sich verantworten müssen«, sagte Mona. »Hat die Frau denn irgendetwas von sich gegeben?«

»Du meinst, außer Beleidigungen? Nee, man konnte sie ohnehin kaum verstehen. Sie ist völlig von der Rolle. Es grenzt an ein Wunder, dass niemand verletzt wurde. Außer mir natürlich.«

Die Kommissarin klopfte ihrer jungen Kollegin auf die Schulter.

»Gut gemacht, Grietje. Habt ihr die Eisenstange beschlagnahmt?«

»Klar, die liegt noch im Kofferraum vom Streifenwagen. Wir wollten uns erst mal um die Krawall-Olle kümmern.«

»Schickt bitte die Stange zur kriminaltechnischen Untersuchung nach Oldenburg, vielleicht ist sie auch die Tatwaffe bei einem anderen Delikt.«

Während dieses Wortwechsels hatte Mona Grietje dabei geholfen, ihren blutenden Arm zu verbinden.

»Klar, machen wir«, sagte die Polizeimeisterin.

»Und der Arzt soll sich deinen Arm anschauen, wenn er wegen Berit Gelbmann kommt.«

»Ja, Mama.«

Mona lachte und ging mit Enno in ihr Büro.

»Solange Grietje so frech wie gewohnt bleibt, musst du dir um sie keine Sorgen machen«, meinte der stämmige Ostfriese.

»Das sehe ich auch so. Ich frage mich, aus welchem Grund Berit Gelbmann so völlig die Kontrolle über sich verloren hat.«

»Diese Frage können wir ihr stellen, sobald sie wieder nüchtern ist, Mona. Das wird wohl vor morgen Vormittag kaum der Fall sein. Vermutest du, dass Tiemos Geliebte Jonte Relling niedergeschlagen hat? Aus welchem Grund sollte sie das tun?«

Die Kommissarin hatte sich an ihren Schreibtisch gesetzt. Sie biss von ihrem Mandelhörnchen ab, bevor sie antwortete.

»Berit Gelbmann könnte beispielsweise denken, dass Jonte ihren Freund getötet hat. Dann wäre Rache ihr Motiv.«

»Einverstanden, in dem Fall kann sie selbst aber logischerweise nicht die Mörderin von Tiemo sein.«

Die Ermittlerin nickte.

»Falls es sich bei der Eisenstange wirklich um die Tatwaffe beim Angriff auf den jungen Beikoch handelt, wird sich garantiert Jontes DNA auf der Oberfläche nachweisen lassen. Ich kann mir jedenfalls nicht vorstellen, dass Berit Gelbmann geistesgegenwärtig genug war, um das Schlaginstrument zu reinigen. Jedenfalls nicht in ihrem aktuellen Zustand.«

»Wir sollten das Thema Berit Gelbmann bis morgen zurückstellen«, schlug Enno vor. »Wolltest du mir nicht eigentlich sagen, was du dir zu Kathrin Lorenz überlegt hast?«

Mona lehnte sich in ihrem Bürostuhl zurück, während sie nebenbei weiterhin ihr Gebäck futterte.

»Laut Elske Fokken hat Kathrin Lorenz telefoniert und danach unruhig die Pension verlassen. Ich stelle mir vor, dass sie zum Hotel Teutonia gelaufen ist. Dort wollte sie Jonte Relling treffen, mit dem sie eine Liebelei angefangen hat.«

Enno ergänzte: »Ah, ich verstehe. Und zu dem Zeitpunkt, als die junge Frau beim Hotel eintraf, standen dort Einsatzfahrzeuge von Polizei und Rettungsdienst. Das müsste vom Zeitablauf her in etwa hinkommen. Womöglich konnte Kathrin Lorenz sogar aus sicherer Entfernung beobachten, dass ihr Freund in der Ambulanz abtransportiert wurde.«

»Ja, das habe ich mir auch gedacht, Enno. Lass uns mal schauen, ob Indizien meine Annahme untermauern können.«

Mit diesen Worten leerte Mona die Plastiktüte auf ihrer Schreibtischplatte aus. Es waren nicht viele Habseligkeiten, die Jonte Relling zum Zeitpunkt des Verbrechens bei sich gehabt hatte. Die Kommissarin zog sich Latexhandschuhe über, um die Dinge untersuchen zu können.

Es gab eine Geldbörse mit elf Euro und zwanzig Cent darin, außerdem eine EC-Karte, einen Personalausweis, ein gebrauchtes Papiertaschentuch, eine Schachtel Zigaretten nebst Feuerzeug sowie ein Smartphone. Letzteres war natürlich für die Ermittlungen ganz besonders interessant. Mona schaltete es ein.

»Das Gerät hat sogar noch dreiunddreißig Prozent Akkuleistung«, verkündete sie.

»Es ist aber garantiert passwortgeschützt«, meinte Enno mit einem für ihn höchst ungewöhnlichen Anflug von Pessimismus.

»Ja, das stimmt. Aber du weißt doch gewiss, welch geniales Passwort die meisten unserer Mitbürger benutzen?«

Während sie sprach, tippte Mona die Zahlenfolge 12345 in das Gerät. Der Zugriff wurde nach wie vor verweigert.

»Neulich hattest du ja mit dieser Einschätzung recht«, meinte der Oberkommissar. »Jonte scheint hingegen etwas vorsichtiger zu sein als viele Menschen.«

»Das wird sich zeigen. Noch habe ich mein Pulver nicht verschossen.«

Mit diesen Worten gab Ennos Kollegin 99999 ein. Und tatsächlich: Diesmal bekam sie Zugriff auf das Smartphone.

»Es lebe der Leichtsinn«, kommentierte Enno. Er hatte sich zu Mona gesellt und schaute ihr über die Schulter, während sie sich mit dem fremden Gerät vertraut machte. Auf Jontes Telefon befanden sich zahlreiche Spiele-Apps, mit denen er sich offenbar die Zeit vertrieben hatte. Doch dafür interessierte sich die Kommissarin nicht. Stattdessen überprüfte sie die sozialen Medien sowie die Mailbox. Mona hörte die letzte Nachricht ab. Die Stimme gehörte eindeutig Kathrin Lorenz. Und man musste kein Psychologe sein, um ihre große Besorgnis zu erkennen.

»Ich bin es, Schatz. Warum meldest du dich nicht? Ist alles gut gegangen? Ich habe inzwischen ein ganz mieses Gefühl. Wir hätten unseren Plan vielleicht besser in die Tonne treten sollen, doch jetzt wird es wohl zu spät sein. Oder? Ruf mich bitte sofort zurück, sobald es geht. Danke, Küsschen.«

»Die Nachricht wurde eine halbe Stunde vor dem Angriff auf Jonte gespeichert«, stellte Mona fest und tippte auf das Display.

»Zu der Zeit hat Jonte gearbeitet und durfte gewiss keine Privatgespräche führen«, sagte Enno. »Entweder hat Kathrin Lorenz das nicht gewusst oder es war ihr in der Aufregung entfallen.«

»Da stimme ich dir zu, mein Lieber. Entscheidender finde ich aber die Frage, um was für einen Plan es ging. Um ein Mordkomplott? Hat am Ende doch Jonte Relling das Gift unter die Zutaten gemischt? Haben wir irgendetwas übersehen?«

»Leo Knecht hat schon zugegeben, Jonte mit dem Abführmittel-Attentat beauftragt zu haben«, erinnerte Enno. »Warum sollte er das tun?«

»Wir dürfen uns nicht an einem Mordplan festbeißen, womöglich war etwas ganz anderes gemeint«, sagte Mona. »Nehmen wir mal an, dass Birte Gelbmann den Beikoch für den Mörder ihres Freundes hält, aus was für Gründen auch immer. Sie will Tiemo Kopper rächen, indem sie Jonte den Schädel einschlägt.«

»So weit, so schlecht«, erwiderte der Oberkommissar. »Und wo kommt Ulrike Kopper mit ihrem verschleierten Borkum-Aufenthalt ins Spiel?«

»Gar nicht«, gab Mona seufzend zu. »Diese Frau hat versucht, uns hinter das Licht zu führen. Sie muss also etwas zu verbergen haben, aber was?«

»Sie wusste, oder ahnte, dass ihr Ehemann fremdgeht, denk nur an deinen Bibel-Fund im Hotel, Mona. Für mich ist Ulrike Kopper als Mordverdächtige noch lange nicht aus dem Schneider. Da Oltbeck die Überwachung von Fährhafen und Flugplatz veranlasst hat, wird uns weder Kathrin Lorenz noch Ulrike Kopper entkommen können.«

»Immerhin wissen wir nun, warum Kathrin Lorenz immer noch auf der Insel ist, nämlich wegen ihres Traumprinzen Jonte Relling«, stellte die Ermittlerin fest. »Und sobald wir sie erwischen, werde ich sie so lange löchern, bis sie uns von diesem nebulösen Plan erzählt.«

»Schau doch mal nach, ob du im Smartphone Hinweise findest«, schlug Enno vor. Doch die Suche erwies sich als sinnlos. Jonte war offensichtlich kein Mann der Schrift, er hatte in den sozialen Medien hauptsächlich Witzbilder geteilt und ansonsten möglichst wenig Worte verloren.

»Der Chef soll die beiden Frauen zur Fahndung ausschreiben, eine andere Möglichkeit sehe ich nicht«, meinte der Oberkommissar. »Die Verdachtsmomente werden ausreichen, um eine richterliche Anordnung zur Ortung der Handys von Kathrin Lorenz und Ulrike Kopper zu veranlassen.«

»Eine Genehmigung zur Überprüfung der Finanzen im Hause Kopper wäre auch schön«, ergänzte Mona. »Dann wird sich nämlich zeigen, ob über dem TV-Koch wirklich der Pleitegeier kreiste, wie Knecht es behauptet hat.«

Die Kommissare beantragten die Maßnahmen beim zuständigen Gericht, doch vor dem nächsten Tag konnten sie keine Reaktion erwarten. Da sie nicht untätig sein wollten, setzten Mona und Enno sich in den Opel Vectra und durchstreiften systematisch diejenigen Teile der Insel, wo der Autoverkehr gestattet war. Borkum war immerhin die größte der Ostfriesischen Inseln, und wer sich hier verstecken wollte, fand dafür zahlreiche Möglichkeiten.

»Morgen ist auch noch ein Tag«, resümierte Enno, als sie am Feierabend immer noch nichts erreicht hatten.

Kapitel 13

Mona war aufgeregt, auch wenn sie es sich nicht anmerken lassen wollte. Vor ihr lag immerhin die erste offizielle Verabredung mit Jan Lummer. Es war zwar nur ein Treffen, um gemeinsam Sport zu treiben, doch diesmal gab es keinen beruflichen Vorwand.

Mona und Jan trafen sich nur, weil sie Interesse aneinander hatten. Die beiden waren auf der Promenade verabredet, und zwar unterhalb des beliebten Traditionslokals *Heimliche Liebe.*

Die Kommissarin war pünktlich um neunzehn Uhr dort. Sie lehnte sich gegen das Geländer und blickte auf den breiten Südstrand hinab. Es gab einige Spaziergänger und Jogger, die sich an der Wasserlinie entlangbewegten. Der Wind frischte auf. An diesen ersten Septembertagen würde es um diese Zeit noch lange genug hell bleiben, um auch auf schlecht beleuchteten Wegstrecken gut vorankommen zu können.

Vorausgesetzt, dass Jan wirklich auf der Bildfläche erschien.

Ob er tatsächlich Interesse an ihr hatte? Oder waren seine Gefühle nur ein Strohfeuer gewesen – zum Erlöschen verdammt, sobald es ernst wurde? Doch konnte davon überhaupt die Rede sein? Es gab doch einen gewaltigen Unterschied zwischen einer gemeinsamen Sporteinheit und einer Liebesnacht, jedenfalls nach Monas Ansicht.

Sie schaute wieder auf ihre Armbanduhr.

»Allmählich könntest du dich zeigen, Freundchen«, murmelte die Ermittlerin. Sie konnte es nicht ausstehen, wenn man sie warten ließ. Geduld gehörte ohnehin nicht zu ihren stärksten Charaktereigenschaften, und ihre aufbrausende Art hatte schon so manchen Mann abgeschreckt.

Ich werde mich ganz gewiss nicht in ein sanftes Lämmchen verwandeln, nur um einen Kerl abzukriegen, dachte sie verdrossen. Sie beschloss, Jan die sprichwörtliche akademische Viertelstunde als Gnadenfrist zu gewähren. Wenn er dann immer noch nicht hier war, würde sie ihn in den Wind schießen. Sie hatte schließlich etwas Besseres mit ihrer Freizeit anzufangen, als auf Männer zu warten. Warum Jan sich wohl mit ihr unbedingt hier treffen wollte? Ob der Name des Lokals – Heimliche Liebe – als Anspielung gedacht war? Eigentlich entsprach das nicht seiner Art. Jan sagte geradeheraus, was er dachte. Seine typische norddeutsche Schnoddrigkeit wurde von manchen Leuten als rau oder ruppig empfunden, doch Mona konnte damit besser umgehen als mit falscher Freundlichkeit. Und es entsprach nicht seinem Charakter, in letzter Minute einen Rückzieher zu machen.

Die Kommissarin blickte an sich herab. Sie trug knielange Laufshorts sowie ein hellgrünes Thermoshirt, außerdem natürlich ihre bewährten Joggingschuhe. Ihr widerspenstiges rotblondes Haar hatte sie mit einem Band zusammengebunden. Sie ertappte sich dabei, dass sie schon wieder über ihren aktuellen Kriminalfall nachzudenken begann. Das war kein gutes Zeichen. Wer sich als Polizist in der Freizeit nicht entspannen konnte, brannte schnell aus. Und das durfte nicht geschehen, denn sie wollte ihren Dienst auf dieser schönen Insel noch viele Jahre lang versehen.

Als Monas Laune sich gerade dramatisch verschlechterte, kam Jan aus Richtung Süderstraße herangekeucht. Auch der Wirt hatte Laufschuhe an, außerdem eine kurze Hose und ein WACKEN-T-Shirt. Dass Jan Heavy-Metal-Fan war, hatte die Kommissarin schon vor längerer Zeit erkannt. Sie freute sich, ihn zu sehen. In diesem Moment verbarg sie dieses Gefühl allerdings. Jan sollte erst einmal in seinem eigenen Saft schmoren.

»Ich wollte gerade zurück zur Polizeistation, um eine Vermisstenanzeige aufzugeben, Jan!«

Er blieb vor ihr stehen und rang nach Atem.

»Ich weiß, dass ich spät dran bin, tut mir leid. Ich hatte mich mit der Entfernung verschätzt.«

»Wenn du es dir anders überlegt hast, gebe ich dir jetzt noch die Chance auf einen schnellen Abbruch.«

»Nein!«, rief Jan. »Ich habe mich schon den ganzen Tag lang auf dich gefreut, Mona. Heute ist mein einziger freier Abend in der Woche!«

Die Aussicht, dass sie einen Rückzieher machen könnte, schien ihn in Panik zu versetzen. Die Kommissarin war schon wieder versöhnt. Sie konnte diesem Kerl einfach nicht lange böse sein!

Mona kniff ihm spielerisch in die Wange.

»Also gut, dann will ich noch einmal Gnade vor Recht ergehen lassen. Du bist ja hierher gerannt, hast du dich denn auch schon gedehnt?«

Jan schaute sie verblüfft an.

»Nee, muss man das machen?«

Sie lachte.

»Es ist besser für die Sehnen und Gelenke. Komm, ich zeige es dir …«

Sie benutzten das metallene Geländer, um sich zu dehnen. Dann sagte Mona: »Ich wollte heute am Strand entlang Richtung Norddünen laufen. Einverstanden?«

Jan kniff die Augen zusammen und lächelte.

»Klar.«

Er warf Mona einen verliebten Blick zu. Oder bildete sie sich das nur ein? Sie konzentrierte sich jetzt zunächst auf das bevorstehende Training. Die beiden gingen über eine der metallenen Treppen zum Strand hinunter und stapften durch den weichen Sand bis zur Wasserlinie, wo der Untergrund feucht und fester war. Die Wellen brachen, und die Gischt leckte fast bis zu den Schuhen.

Die Kommissarin trainierte seit Jahren regelmäßig, doch auf den Laufstrecken der Insel war es ihr noch niemals langweilig geworden. Es gab auf der Insel etliche ausgeschilderte Routen von unterschiedlichem Schwierigkeitsgrad. Mona rannte meist nur in eine bestimmte Richtung und machte die Länge der Sporteinheit von ihrer aktuellen Stimmung und ihrem Fitnesszustand abhängig.

Doch heute war es anders, denn sie hatte einen unerfahrenen Läufer bei sich, für den sie außerdem noch etwas empfand. Sie durfte Jan also nicht überanstrengen. Sonst bestand die Gefahr, dass sie ihn jetzt zum ersten und letzten Mal an ihrer Seite hatte. Und das wollte sie nicht, denn sie fühlte sich wohl bei ihm. Also bestand ihre erste Aufgabe darin, ihn zu bremsen.

»Nicht so eilig«, mahnte sie, »wir trainieren Joggen, nicht Sprinten. Wenn du zu sehr aufs Tempo drückst, liegst du ganz schnell auf der Nase. Vor allem, solange du noch so viel Gewicht mit dir herumschleppst.«

Der Gastronom machte ein langes Gesicht.

»Ich habe schon zwei Kilo abgenommen!«

»Schön und gut, aber deine Knie werden es dir danken, wenn du es langsamer angehen lässt.«

Allerdings hatte Mona aktuell selbst Gesundheitsprobleme, auch wenn sie es sich nicht anmerken ließ. Nachdem sie ihren verstauchten Fuß geschont hatte, war sie der Meinung gewesen, getrost eine kleine Runde mit Jan laufen zu können. Doch nun musste sie schon nach wenigen Schritten feststellen, dass sich ihr Gelenk unter der Belastung wieder unangenehm meldete.

Enno würde die Krise kriegen, wenn er mich heute schon wieder laufen sehen könnte, dachte Mona. Ihr Kollege und väterlicher Freund war stets sehr besorgt um ihr Wohlergehen. Momentan fand sie es einfach nur schön, Zeit mit Jan zu verbringen. Und sie hoffte, dass ihr Fuß keinen Ärger machen würde.

Monas Begleiter keuchte bereits wie die Dampflokomotive der Museums-Inselbahn.

»Ich hatte dich ja gewarnt«, sagte sie. »Man muss die Kondition langsam aufbauen, zum routinierten Läufer wird man nicht im Hauruck-Verfahren.«

Jan warf ihr einen Seitenblick zu. Er grinste.

»Wenn das so ist, dann wirst du öfter mit mir üben müssen.«

»Warte es ab, womöglich kannst du morgen vor lauter Muskelkater kaum noch kriechen.«

»Das nehme ich in Kauf.«

Während die beiden am Strand entlang Richtung Norddünen liefen, setzte die Dämmerung ein. Die Horizontlinie wurde in goldfarbenes Licht getaucht, und die kräftige Brise schob die Regenwolken weiter auf das Festland zu, bevor sie sich über der Insel entleeren konnten. Mona fühlte sich gut, denn ihr Fuß reagierte auf die Belastung nicht so schlimm wie zunächst befürchtet.

Die Kommissarin und ihr Begleiter befanden sich jetzt auf Höhe des Drachenfelds, wo Kinder tagsüber ihre bunten Fantasie-Gebilde an Leinen in den Borkumer Himmel steigen ließen. Da erblickte Mona plötzlich eine Gestalt, die im Sand kauerte und sich dabei an einen Strandkorb lehnte.

Es war Kathrin Lorenz!

Die Ermittlerin hatte dienstfrei, trotzdem wollte sie sich diese Gelegenheit nicht entgehen lassen.

»Du bleibst hier, kurze Pause!«, sagte sie zu Jan. Im nächsten Moment änderte Mona ihre Richtung und rannte auf die Verdächtige zu. Beim Drachenfeld war der Sandstreifen ganz besonders breit, der Abstand zwischen der Wasserlinie und der Promenade erschien der Kommissarin so weit wie noch niemals zuvor. Vielleicht lag es auch nur daran, dass sie Kathrin Lorenz unbedingt erwischen wollte.

»Was ist los, Mona?«

Dieser Ruf kam von Jan. Sie drehte sich um und bemerkte entsetzt, dass er ihr folgte. Natürlich, ihr Verehrer konnte nicht wissen, warum sie plötzlich von ihm fortlief. Wahrscheinlich glaubte er, etwas falsch gemacht zu haben. Für Erklärungen war jetzt jedoch keine Zeit. Vor allem, weil Kathrin Lorenz nun aufblickte. Bisher hatte sie den Blick Richtung Sand gesenkt gehabt und eine Zigarette geraucht. Doch nun warf Jontes Freundin den Stummel weg, schnellte hoch und rannte ebenfalls los. Aber natürlich nicht auf die Ermittlerin zu, sondern in die entgegengesetzte Richtung.

»Polizei! Stehen bleiben!«, rief Mona mit gellender Stimme. Gleichzeitig war ihr klar, dass es nichts nützte. Im Gegenteil, nun schien Kathrin Lorenz eine noch größere Geschwindigkeit zu entwickeln. Mona kam sich vor wie in einem Albtraum, wo sie vor einem Monster floh, aber immer langsamer wurde. Es war wirklich eine Qual, in dem weichen Sand schnell laufen zu müssen. Und dann geschah etwas, das sie unbedingt hatte verhindern wollen.

Mona knickte mit ihrem bereits verletzten Fuß erneut um.

Der stechende Schmerz trieb ihr die Tränen in die Augen. Mona fiel der Länge nach hin. Sie hatte nun Sand auf der Zunge, einen Moment lang wurde ihr schwarz vor Augen. Dann hörte sie Jans Stimme, sie war ganz nahe.

»Was ist passiert?«

»Tja, was wohl? Ich bin hingefallen, wer hätte das gedacht?«, fauchte Mona. Sie versuchte aufzustehen, doch ein erneuter plötzlicher Schmerz schoss durch ihren Knöchel. Stöhnend fiel sie in den Sand zurück. Ihr Begleiter kniete sich neben sie.

»Du bist ernsthaft verletzt, lass mich dir helfen.«

»Eins nach dem anderen, ich kann diese Frau nicht entkommen lassen!«

Die Kommissarin zeigte auf Kathrin Lorenz, die inzwischen weitergelaufen war und eine der Treppen erreicht hatte, die hoch zur Promenade führten. Mona war realistisch genug, jetzt nicht mehr persönlich hinter der Verdächtigen herjagen zu wollen. Sie fischte ihr Smartphone aus der Tasche ihrer Laufhose und rief bei ihrer Dienststelle an.

»Polizei Borkum, wie können wir Ihnen helfen?«

»Hier ist Mona, Aiske! Ich habe eine Verdächtige am Hauptstrand verfolgt und bin dabei mit dem Fuß umgeknickt. Die Beschreibung der Person liegt euch vor, es handelt sich um Kathrin Lorenz. Sie ist zur Promenade gelaufen, auf Höhe der Knappschafts-Kurklinik. Jetzt habe ich sie aus den Augen verloren.«

»Das ist verstanden«, erwiderte die uniformierte Polizeimeisterin. »Ich gebe die Meldung sofort an die Streife weiter und schicke dir eine Ambulanz.«

Mona lag die Bemerkung auf der Zunge, dass alles halb so schlimm sei. Doch sie konnte den Fuß überhaupt nicht belasten. Jetzt war gewiss der falsche Zeitpunkt, um die Heldin zu spielen. Also bedankte sie sich brav bei ihrer Kollegin Aiske Berend und beendete das Telefonat.

»Der Sand wird allmählich kühl, du erkältest dich noch«, sagte Jan mit sanfter Stimme. Und bevor die Kommissarin protestieren konnte, hatte er sie auf seine Arme gehoben.

»Du trägst mich jetzt aber nicht über irgendeine Schwelle, oder?«, witzelte Mona. »Noch habe ich dir nicht mein Jawort gegeben.«

In Wirklichkeit wollte sie nur ihre Verlegenheit überspielen. Es war nämlich höchst angenehm für sie, Jans Körper so nahe zu spüren. Wenn er noch ein paar weitere Kilos verlor, würde er ein durchaus attraktiver Kerl sein. Ein Mann, der sich eindeutig für sie interessierte. Sie legte ihre Arme um seinen Hals, während er sie vorsichtig zur Promenade trug.

»Meine Kollegen müssen diese flüchtende Frau unbedingt erwischen, Jan. Sie ist womöglich an einem schlimmen Verbrechen beteiligt.«

»Borkum ist immer noch eine Insel, also kann sie nicht so einfach entkommen«, entgegnete Monas Verehrer. »Enno und die anderen Polizisten werden sie schon erwischen. Du musst jetzt erst mal wieder gesund werden.«

Die Kommissarin wollte eine ihrer üblichen kratzbürstigen Antworten geben. Aber sie erkannte, dass Jan es gut mit ihr meinte und sie ihm wirklich etwas bedeutete. Also hielt Mona ausnahmsweise ihre Zunge im Zaum und drückte ihm stattdessen einen Kuss auf die Wange.

Kapitel 14

Am nächsten Morgen wachte die Kommissarin leicht benommen auf. Sie hatte am Vorabend ein Schmerzmittel bekommen, dessen Nachwirkung aus einem allgemeinen Taubheitsgefühl bestand. Immerhin musste sie nicht im Krankenhaus übernachten, sondern war nach Hause entlassen worden.

Also lag sie in ihrem eigenen Bett, wenn auch allein. Bei diesem Gedanken musste Mona lächeln. Früher oder später würden sie und Jan sich garantiert noch näherkommen. Zumindest, wenn es nach ihr ging. Und dass der Gastronom und Heavy-Metal-Fan für sie entflammt war, stand sowieso fest. Doch am Vorabend war Mona ganz gewiss nicht in Stimmung für amouröse Abenteuer gewesen.

Sie quälte sich aus dem Bett. Die Diagnose lautete Bänderzerrung. Ihr Fuß war mit einem elastischen Verband versehen worden, außerdem hatte man ihr im Krankenhaus eine Unterarm-Gehstütze zur Verfügung gestellt. Mona hüpfte auf einem Bein Richtung Bad und beschäftigte sich zunächst mit dem Kunststück der Körperpflege. Sie konnte nach wie vor mit ihrem verletzten Fuß nicht auftreten. Als sie geduscht und angezogen war, klingelte es an der Wohnungstür. Mona öffnete, und Enno stand vor ihr. Die Besorgnis stand ihm ins Gesicht geschrieben.

»Moin, Mona. Ich habe eben erst gehört, was passiert ist. Warum hast du mich nicht sofort angerufen?«

»Wozu denn? Ich wollte dir deinen Feierabend nicht zerbomben. Aber du kommst wie gerufen, ich könnte jetzt einen Tee gebrauchen.«

»Klar, darum kümmere ich mich. Wie geht es deinem Fuß?«

»Es wird wohl noch ein paar Tage dauern, bis ich wieder normal laufen kann«, gestand die Kommissarin. Sie machte es sich in der Küche bequem, während ihr Kollege Wasser für Tee aufsetzte und die übrigen Zutaten für das Frühstück auf den Tisch stellte. Mona war sicher, dass Enno bereits zu Hause etwas zu sich genommen hatte. Birte ließ ihn gewiss nicht mit leerem Bauch zum Dienst gehen. Doch der Unfall seiner Kollegin musste ihm so auf den Magen geschlagen sein, dass er gleich noch einmal zusammen mit ihr frühstückte.

»Hat denn die Fahndung nach Kathrin Lorenz etwas gebracht?«, wollte Mona wissen, während sie an einem Käsetoast knabberte. Enno schüttelte seinen mächtigen Schädel.

»Leider nein. Die Kollegen haben gestern Abend intensiv gesucht und zahlreiche Passanten befragt. Die junge Frau ist wie vom Erdboden verschluckt.«

»Und in ihr Pensionszimmer ist sie wahrscheinlich auch nicht zurückgekehrt?«

»Dort fehlt von ihr ebenfalls jede Spur. Elske will uns anrufen, sobald ihr Gast wieder auf der Bildfläche erscheint.«

»Da mache ich mir keine großen Hoffnungen«, murmelte die Kommissarin. »Kathrin Lorenz weiß, dass wir hinter ihr her sind. Sie ist weggelaufen, obwohl ich sie zum Stehenbleiben aufgefordert habe. Außerdem bin ich mir sicher, dass sie mich wiedererkannt hat. Glaub mir, diese Frau hat sehr gute Gründe dafür, der Polizei aus dem Weg zu gehen.«

»Kathrin Lorenz kann sich auf Borkum nicht ewig verstecken«, meinte Enno optimistisch. »Die Nächte sind jetzt teilweise schon empfindlich kalt, da ist eine Übernachtung im Freien kein Spaß. Und falls sie in ein leer stehendes Ferienhaus einbricht, erwischen wir sie früher oder später. Außerdem bin ich sicher, dass wir noch heute eine richterliche Anordnung zur Handyortung bekommen. Wenn die Verdächtige ihr Gerät nicht weggeworfen oder verloren hat, kriegen wir sie auf diesem Weg. Das Gleiche gilt für Ulrike Kopper, die übrigens auch nicht in ihr Hotelzimmer zurückgekehrt ist.«

Inzwischen war der Tee fertig, und die heiße Flüssigkeit mit Sahne und Kandis weckte Monas Lebensgeister. Sie schaute zum Fenster hinaus. Es war ein sonniger, wenn auch sehr windiger Morgen.

»Gut, was liegt dann heute als Erstes an, Enno? Wollen wir Berit Gelbmann vernehmen, falls sie jetzt nüchtern ist?«

Der Oberkommissar runzelte die Stirn.

»Wen meinst du mit *wir*? Hat der Arzt dich nicht dienstunfähig geschrieben?«

Mona druckste herum.

»Äh, gewissermaßen schon …«

»Dann bleibst du zu Hause und kurierst dich aus. Du willst doch nicht, dass dein Fuß dauerhaft geschädigt bleibt?«

»Nein, natürlich nicht. Aber wenn du den Fall allein weiterbearbeitest, fällt mir hier vor Langeweile die Decke auf den

Kopf. Ich weiß, dass ich momentan keine Verfolgungsjagden und Ähnliches machen darf. Aber herumsitzen und meinen Fuß hochlegen kann ich auch auf der Dienststelle.«

»Das erlaubt Oltbeck nie.«

»Ich gebe dir recht, Enno. Aber hast du vergessen, dass er heute zu dieser Polizeiführungskonferenz nach Hannover fährt? Und als dienstältester Beamter bist *du* sein Stellvertreter!«

Der behäbige Ostfriese seufzte. Der Dickkopf seiner Kollegin war ihm nur allzu bekannt. Und er konnte ihr normalerweise nie einen Wunsch abschlagen.

»Also gut, aber du machst ausschließlich Innendienst und nimmst sofort frei, falls es dir schlechter geht.«

»Keine Sorge, ich werde schon nicht mit meiner Krücke auf Ganovenjagd gehen«, scherzte Mona und griff zu ihrer Unterarm-Gehstütze. Sie hatten inzwischen aufgegessen. Enno räumte den Frühstückstisch ab und half seiner Kollegin die Treppe hinunter. Die Ermittler fuhren mit dem Dienstwagen zur Polizeistation. Mona kam mit ihrer Krücke gut zurecht, wenn sie keine allzu weiten Strecken zurücklegen musste. Zum Glück befand sich ihr Arbeitsplatz im Erdgeschoss. Sie ließ sich in ihren Bürostuhl fallen. Enno erschien wenig später.

»Hier ist ein Hocker, um dein Bein hochzulegen.«

»Danke, mein Lieber. Verwöhne mich bloß nicht zu sehr, sonst erwarte ich das demnächst jeden Tag von dir«, meinte die Kommissarin freundlich lächelnd.

Ihr Kollege blinzelte ihr zu.

»Ich werde mich mal erkundigen, ob Berit Gelbmann schon vernehmungsfähig ist.«

Mit diesen Worten verließ er den Raum. Im nächsten Moment klingelte Monas Smartphone. Jan war am Apparat.

»Moin, wie geht es dir?«, wollte er wissen.

Mona musste sich eingestehen, dass ihr Herz plötzlich schneller klopfte. Sie war schon länger nicht mehr richtig verliebt gewesen.

»Ich komme mir vor wie Kapitän Ahab aus Moby Dick, wenn ich hier einbeinig durch die Gegend humpele. Irgendwie ist das passend für eine ehemalige Walfängerinsel wie Borkum, findest du nicht? Übrigens habe ich mich noch gar nicht dafür bedankt, dass du mich gestern ins Krankenhaus begleitet hast.«

»Gern geschehen. Kann ich etwas für dich tun? Soll ich dir etwas zum Essen bringen?«

»Nein, danke. Meine Kollegen umsorgen mich schon bestens.«

»Du bist zur Arbeit gegangen?«, fragte Jan ungläubig.

»Klar, ich habe einen Fall zu lösen«, gab sie betont locker zurück und fügte hinzu:

»Unser gemeinsames Joggen hat mir gut gefallen, auch wenn es nur kurz gedauert hat.«

»Das ging mir genauso, Mona. Jetzt wird es wohl etwas dauern, bis dein Fuß wieder belastbar ist.«

»Naja, wir können uns ja trotzdem treffen. Ich meine, wenn … du willst.«

Ihr Herz schlug noch schneller, während sie diesen Satz von sich gab. Zum Glück ließ Jans Antwort an Eindeutigkeit nichts zu wünschen übrig.

»Und ob ich das will!«

»Du könntest mich an einem der nächsten Tage mal zu Hause besuchen, wenn du in der Nordsee Kajüte Feierabend hast«, schlug sie vor.

Daraufhin herrschte einen Moment lang Stille. Mona fürchtete schon, ihren Verehrer durch dieses halbwegs eindeutige Angebot abgeschreckt zu haben. Dabei knisterte es bereits gewaltig zwischen ihnen.

»Das wird aber ziemlich spät in der Nacht sein«, gab Jan schließlich zurück. Seine Stimme klang rau.

»Kein Problem, ich schlafe momentan sowieso wenig.« Mona hörte Stimmen auf dem Flur und fügte hinzu: »Ich muss auflegen, die Arbeit ruft. Wir telefonieren bald wieder, ja?«

»Auf jeden Fall, Mona. Ich wünsche dir gute Besserung.«

Der Kommissarin liefen wohlige warme Schauer über den Rücken, während sie das Telefonat beendete und ihr Smartphone schnell einsteckte. Enno klopfte an und trat ein. Er hatte Berit Gelbmann dabei.

Kapitel 15

Die Geliebte des TV-Kochs schien seit der ersten Begegnung mit den Kommissaren um zehn Jahre gealtert zu sein. Ihre Haut war fahl, das Haar stumpf. Die dunklen Ringe unter ihren Augen konnte man unmöglich übersehen. Nach Monas Erfahrung wirkte kaum ein Mensch nach einer Nacht in der Ausnüchterungszelle wie das blühende Leben.

»Frau Gelbmann hat sich bereit erklärt, ohne anwaltlichen Beistand mit uns zu reden«, sagte der Oberkommissar.

»Ich habe nichts zu verbergen«, behauptete Koppers Geliebte.

»Das wird sich zeigen«, entgegnete Mona und deutete auf ihren Besucherstuhl. »Sie sind bereits über Ihre Rechte belehrt worden?«

Berit Gelbmann nickte, nahm Platz und schlug ihre langen Beine übereinander. Sie verschränkte die Arme vor der Brust. Enno kam zu seiner Kollegin herüber und lehnte sich an die Wand, sodass beide Ermittler die Verdächtige im Auge behalten konnten.

»Wir legen Ihnen den tätlichen Angriff auf mehrere Personen zur Last«, begann Enno, »darunter eine Polizeibeamtin im Dienst. Außerdem besteht der Verdacht einer schweren Körperverletzung, begangen an Jonte Relling.«

»Ich weiß gar nicht, wer das sein soll«, behauptete die Verdächtige. »Und überhaupt: Ich kann mich kaum noch an etwas erinnern, was gestern passiert ist. Ich war nicht ganz nüchtern.«

»Der Blutalkoholtest ergab 2,4 Promille«, sagte der Oberkommissar. »Sie waren also ziemlich berauscht.«

»Na, und wenn schon! Diesen Jonte Relling kenne ich trotzdem nicht.«

»Das bezweifeln wir«, erwiderte Mona. »Mein Kollege und ich haben Herrn Relling im Hotel Teutonia unter dem Verdacht festgenommen, Tiemo Kopper vergiftet zu haben. Einen Mordversuch konnten wir ihm nicht nachweisen, also wurde er wieder auf freien Fuß gesetzt. Die Verhaftung spielte sich jedenfalls vor den Augen vieler Zeugen ab. Sie können davon Wind bekommen haben. Dass Herr Relling als Beikoch in diesem Hotel arbeitet, ist kein Staatsgeheimnis. Also beschlossen Sie, auf eigene Faust Ihren Freund zu rächen. Sie schlichen sich durch den Notausgang in die Hotelküche. Als Sie Relling sahen, schlugen Sie ihn mit dem Metallrohr nieder.«

Berit Gelbmann blinzelte irritiert.
»Was für ein Metallrohr?«
»Wir sprechen von dem Gegenstand, mit dem Sie auf der Promenade Passanten und Polizeibeamte angegriffen haben«, erklärte Enno.
»Daran kann ich mich nicht erinnern, hatte einen Filmriss.«
»Dafür gibt es mehrere Zeugen, Frau Gelbmann.«
Auf Monas Feststellung kam keine Reaktion. Die Kommissarin bohrte weiter:
»Und woher hatten Sie das Metallrohr?«
»Ich weiß es nicht, wahrscheinlich lag es irgendwo herum.«
Mona musterte die Verdächtige. Angesichts des Alkoholkonsums vom Vortag erschien es der Kommissarin glaubhaft, dass Berit Gelbmanns Gedächtnis zu wünschen übrig ließ. Das musste allerdings nicht für weiter zurückliegende Ereignisse gelten.
Nun ergriff Enno das Wort.
»Die Analyse Ihrer Blutprobe hat auch ergeben, dass Sie regelmäßig Kokain konsumieren. Möchten Sie uns etwas darüber erzählen?«
»Das verstehen Sie nicht«, behauptete Berit Gelbmann. »Ich stehe als Model unter einem enormen Stress und muss stets hundertprozentige Leistung bringen. Das Koks bringt mich in Topform, ich bin nicht abhängig davon.«
»Was für ein Unsinn!«, fauchte Mona gereizt. Die Kommissarin fuhr fort: »Wenn ich es richtig sehe, wurden Sie seit acht Monaten nicht mehr für Fotojobs gebucht, aus was für Gründen auch immer. Und Ihre Beziehung zu Tiemo Kopper existiert wahrscheinlich nur in Ihrer Fantasie.«
Enno ergänzte: »Sie wurden vom Landgericht Hamburg zu einer Bewährungsstrafe verurteilt, weil Sie ins Haus der Koppers eingebrochen sind.«
Offenbar hatte der Oberkommissar inzwischen die Aussage von Ulrike Kopper überprüft. *Zumindest in dieser Hinsicht hat die Witwe nicht gelogen*, dachte Mona. Berit Gelbmanns Gesichtsausdruck war anzusehen, dass ihr diese Konfrontation mit der rauen Wirklichkeit überhaupt nicht gefiel. Sie presste die Lippen aufeinander und starrte einen Moment lang zu Boden.
»Sie wissen gar nichts!«, stieß sie schließlich hervor.

»Dann erklären Sie es uns, wir haben Zeit«, sagte der Oberkommissar freundlich.

»Die Geschichte mit dem Einbruch habe ich mir aus den Fingern gesogen, und glücklicherweise haben mir alle geglaubt. Ich habe lieber die Strafe auf mich genommen, als Tiemos Alte misstrauisch werden zu lassen. Ulrike hätte uns nämlich um ein Haar in flagranti erwischt. Da hatte ich die rettende Idee. Tiemo sollte so tun, als ob er nichts mit mir zu tun haben wollte und ich ihn nur belästigen würde.«

Mona machte sich Notizen. Berit Gelbmanns Erklärung mochte haarsträubend klingen, war aber an sich plausibel. Die Ermittlerin hakte nach:

»Ist Frau Kopper sehr eifersüchtig?«

»Das kann man wohl sagen! Diese Furie ist krank im Kopf, wenn Sie mich fragen! An dem Tag hatten wir mehr Glück als Verstand, seitdem haben Tiemo und ich uns nie wieder in seinem Haus getroffen. Ich habe eine kleine Wohnung, die uns als Liebesnest diente.«

»Hat Tiemo Kopper Sie finanziell unterstützt?«, fragte Mona direkt.

Berit Gelbmann nickte.

»Ich will ehrlich sein: In meinem Alter ist es nicht einfach, als Model zu arbeiten. Die Konkurrenz ist riesig, da wird mit harten Bandagen um jeden Auftrag gekämpft. Wenn Tiemo nicht für mich da gewesen wäre, würde ich schon längst auf der Straße stehen.«

»Dann muss sein Tod für Sie nicht nur eine gefühlsmäßige, sondern auch eine finanzielle Katastrophe sein.«

»Allerdings, Frau Sander! Was glauben Sie, warum ich mich gestern so zugekippt habe? Ich wollte vergessen, was für eine düstere Zukunft ich jetzt vor mir habe.«

Der Oberkommissar schaltete sich wieder ein.

»Mir ist immer noch nicht ganz klar, warum Sie bei der TV-Aufzeichnung nicht anwesend waren. Tiemo Kopper hat Ihnen doch sehr viel bedeutet.«

»Ursprünglich wollte ich auch hingehen«, behauptete Berit Gelbmann. »Doch in letzter Minute machte ich einen Rückzieher. Mir war nämlich eingefallen, dass bei solchen Sendungen die Kamera oft ins Publikum schwenkt. Stellen Sie sich vor, was geschehen wäre, wenn Tiemos Alte später bei der Ausstrahlung mich zwischen den anderen Zuschauern entdeckt hätte! Diesen Ärger wollte ich meinem Freund ersparen.«

»Wir haben bei Tiemo Kopper Kokain gefunden«, sagte Mona. »War die Droge für Sie bestimmt?«

Die Verdächtige nickte.

»Tiemo mochte es eigentlich nicht, dass ich kokse. Aber wenn ich es nicht übertrieb, hat er mir manchmal etwas weißes Pulver zugesteckt. Er wollte mir eine Freude machen.«

Ihre Augen füllten sich mit Tränen. Mona wusste nicht, wie sie diese Frau einschätzen sollte. Wenn Berit Gelbmann die Wahrheit gesagt hatte, war sie wirklich von dem Ermordeten abhängig gewesen.

»Und wenn Tiemo Kopper Ihnen das Koks nicht geben wollte, sondern es Ihnen weggenommen hat?«, fragte die Kommissarin.

»Was wollen Sie damit sagen?«

»Vielleicht hatte Ihr Freund die Nase voll davon, dass Sie Kokain konsumieren. Das ist schließlich eine kostspielige Sucht. Er drohte womöglich sogar, mit Ihnen Schluss zu machen. Sie sannen auf Rache. Manche Dealer können auch anderes Gift besorgen. Also holten Sie sich Blausäure und mischten sie unter die Zutaten des Fischgerichts. Als Tiemo Koppers Geliebte wussten Sie garantiert, dass er einen Kugelfisch zubereiten wollte.«

»Ja, das wusste ich«, erwiderte Berit Gelbmann. »Aber mit allen Ihren anderen Anschuldigungen liegen Sie völlig falsch. Übrigens: Wenn ich wirklich Tiemos Mörderin wäre, warum sollte ich dann diesen Tronte – oder wie der heißt – umbringen?«

»Jonte«, berichtigte Mona. Mit diesem Einwand hatte Berit Gelbmann natürlich recht. Immerhin bestand eine gewisse Chance, dass sich ihre Täterschaft bei dem Angriff auf Jonte Relling dank der kriminaltechnischen Untersuchung des Metallrohrs klären würde.

»Sie haben Tiemo gut gekannt«, sagte Enno. »Hielten Sie Ihren Freund für spielsüchtig?«

Berit Gelbmann lachte hysterisch.

»Niemals! Das kann ich mir bei ihm überhaupt nicht vorstellen. Tiemo war kein Zocker, in seinem Beruf hat er jedenfalls nichts dem Zufall überlassen. Er hatte schon als kleiner achtzehnjähriger Kochlehrling den Ehrgeiz, ganz an die Spitze zu kommen. Und das hat er ja auch geschafft.«

Tränen flossen über die Wangen von Koppers Freundin. Es kam Mona nicht so vor, als ob die Verdächtige eine Show abziehen würde. Sie musste für den Ermordeten wirklich etwas empfunden haben. Die Kommissarin stellte eine weitere Frage, obwohl sie nicht mit einer unvoreingenommenen Antwort rechnen konnte.

»Trauen Sie Ulrike Kopper zu, dass sie ihrem Ehemann etwas angetan hat?«

Berit Gelbmann schaute Mona verblüfft an. So, als ob die Ermittlerin etwas Selbstverständliches angezweifelt hätte.

»Ja, auf jeden Fall! Wenn diese Ehezicke durchdreht, lässt sie nur verbrannte Erde zurück. Sogar dann, wenn sie sich damit ins eigene Fleisch schneidet. Sie hat immerhin den Mann umgebracht, den sie ganz für sich allein haben wollte. Sinnlos, oder?«

Das stimmte natürlich. Andererseits hatte Mona in ihrem Beruf schon oft genug erlebt, dass Menschen ihre eigenen Interessen mit Füßen traten. An Ulrike Koppers krankhafter Eifersucht konnte zumindest kein Zweifel bestehen. Aus welchem anderen Grund hätte sie heimlich unter falschem Namen auf die Insel kommen sollen? Womöglich war ihr nach Jahren des Fremdgehens einfach der Kragen geplatzt. Wenn die Ehefrau ihren Mann tötete, konnte sie immerhin sicher sein, dass keine andere Frau ihn bekam. Für normale Menschen war so ein Gedankengang nicht nachzuvollziehen. Doch es war genau dieser Nährboden, auf dem Kriminalität entstand.

»Wissen Sie, ob es noch andere Frauen in Tiemo Koppers Leben gab?«, wollte Mona wissen. Die Verdächtige warf den Kopf in den Nacken. Ihr Blick war nun eiskalt.

»Niemals! Ich bin die einzige Frau, die er wirklich geliebt hat.«

»Dann finde ich es erstaunlich, dass Tiemo Kopper sich nicht hat scheiden lassen«, warf Enno ein. Mit diesem Einwand hatte Berit Gelbmann offenbar nicht gerechnet. Ihr blieb buchstäblich die Spucke weg.

»D-das kann ich Ihnen auch nicht sagen. Vielleicht lag es daran, dass Tiemo einfach ein gutes Herz hatte. Er befürchtete vielleicht einen Selbstmordversuch seiner Alten, wenn er sie einfach sitzengelassen hätte.«

Gutes Herz? Mona hatte den Ermordeten als einen selbstherrlichen und aufgeblasenen Schaumschläger erlebt, der sogar seinen Klassenkameraden Enno mit arroganter Herablassung behandelt hatte. Von seinem schleimigen Flirtversuch ihr selbst gegenüber ganz zu schweigen. Die Kommissarin hielt es für unwahrscheinlich, dass Kopper sich für keine Frauen außer seiner Gattin und Berit Gelbmann interessiert hatte.

Ennos Einwand war nur allzu berechtigt. Warum hatte Kopper sich nicht scheiden lassen?

Kapitel 16

Die Kommissare beendeten das Verhör. Die Verdächtige beteuerte nach wie vor, sich nicht an die Ereignisse des Vortags erinnern zu können. Mona hatte die Aussage mitgeschrieben, druckte das Protokoll nun aus und legte es Berit Gelbmann zur Unterschrift vor. Das alternde Model überflog die Seiten, kritzelte ihre Unterschrift auf das letzte Blatt und machte sich dann aus dem Staub. Für die Anordnung von Untersuchungshaft gab es nicht genügend Gründe.

»Womöglich wird der Richter Berits Filmriss sogar als mildernden Umstand werten«, grollte die Ermittlerin, als sie mit Enno allein war. »Ich frage mich, ob man auch so geringe Strafen verhängen würde, wenn das Opfer eine Juristin statt einer Polizistin wäre.«

»Bleib friedlich«, meinte ihr Kollege lächelnd. »Ich mache uns jetzt erst einmal einen Tee. Du siehst so aus, als ob du dringend etwas loswerden möchtest.«

»Das hast du richtig erkannt«, gab Mona zurück. Als der Ostfriese mit Tee, Tassen, Kandis und Sahne zu ihr zurückgekehrt war, fuhr sie fort: »Ist dir aufgefallen, dass Berit nach deiner Frage die Felle weggeschwommen sind?«

»Du meinst, als es um die Scheidung ging?«

»Exakt, Enno! Das passt doch alles nicht zusammen. Warum hielt Kopper an seiner Ehe fest, wenn er angeblich nur die Gelbmann geliebt hat? Wir leben nicht mehr im Mittelalter. Und der Ermordete war auch nicht in einer konservativen Branche tätig, wo Scheidung immer noch als Makel gilt. Er hat als TV-Koch gearbeitet, zum Kuckuck! Glaubst du, dass es die Zuschauer interessiert, ob er geschieden oder ledig war?«

»Vermutlich nicht. Für die große Liebe zwischen Tiemo und Berit Gelbmann gibt es übrigens keinen Beweis, wenn man von ihrer eigenen Aussage absieht. Und die ist sehr subjektiv. Warum hätte er sich scheiden lassen sollen? Vielleicht hat er sich ja ganz gut mit Ulrike verstanden, und für zwischendurch hatte er seine Zweitfrau Berit.«

»Männer!«, stieß Mona hervor. »Ich gebe dir recht, warum hätte er an diesem Arrangement etwas ändern sollen? Die Einzige, die damit nicht einverstanden war, dürfte seine Ehefrau sein. Es muss einen Grund dafür geben, dass sie sich heimlich nach Borkum begeben hat und außerdem momentan spurlos verschwunden ist.«

»Kopper hat seine Spielsucht gegenüber seiner Geliebten verheimlicht«, stellte Enno fest. »Das ist verständlich, mit so einem Laster brüstet sich wohl niemand gern. Gleichzeitig könnte darin die Erklärung dafür liegen, dass er sich nicht hat scheiden lassen.«

»Das verstehe ich nicht«, gab Mona zu. Bevor der Oberkommissar antworten konnte, klopfte es an der Tür. Polizeimeisterin Britt Mölders trat ein und brachte die Dienstpost. Außer der richterlichen Erlaubnis zur Handyortung wurde es den Ermittlern auch gestattet, Einblick in die Finanzen der Koppers zu nehmen. Sie machten sich sofort ans Werk. Mona bearbeitete die Tastatur ihres Computers, bis das Ergebnis schwarz auf weiß zu sehen war.

»Dein Schulfreund Tiemo Kopper hat sich durch Einheirat in eine reiche Familie finanziell saniert, Enno.«

Der Ostfriese blickte ebenfalls auf den PC-Monitor seiner Kollegin.

»Ja, von seinen eigenen Eltern konnte Tiemo nichts erwarten. Es gab auf Borkum damals noch nicht viele wohlhabende Menschen. Aber seine jetzige Frau Ulrike muss für ihn ein Glücksgriff gewesen sein. Er verdiente als TV-Koch sehr gut, aber …«

» … die hohen Bargeld-Abhebungen vom Girokonto lassen das Vermögen allmählich zusammenschrumpfen«, ergänzte Mona. »Wozu braucht man so viel Zaster? Um ihn im Spielcasino auf den Kopf zu hauen.«

»In Tiemos Fall dürfte das wohl zutreffen«, sagte Enno. »Und so ging es seit einigen Jahren, wenn ich das richtig sehe. Wenn Ulrike Kopper nicht blind vor Liebe war, muss sie gewusst haben, dass es mit ihrem Mann finanziell bergab ging.«

»Hinzu kommt, dass Kopper in den staatlichen Spielcasinos schon gesperrt war«, erinnerte die Kommissarin. »Also wird er sich mit zwielichtigen Gestalten eingelassen haben, um seiner Sucht weiterhin nachgehen zu können.«

Die Stimme des Oberkommissars klang skeptisch.

»Ulrike Kopper soll ihren Mann getötet haben, um sich vor dem Ruin zu bewahren?«

Mona zuckte mit den Schultern.

»Das war vielleicht nicht ihr einziges Motiv. Doch ein holder Gatte, der nicht nur fremdgeht, sondern auch noch das ganze Geld verspielt, könnte bei der Frau schon eine extreme Reaktion verursacht haben.«

»Immerhin wissen wir jetzt, dass die Koppers sich wirklich in einer finanziellen Schieflage befinden«, sagte der Ermittler. »Lass uns die Handys orten. Mit etwas Glück können wir Ulrike Kopper schon bald höchstpersönlich unsere Fragen stellen.«

»Und das wird nicht gerade angenehm für sie, das verspreche ich dir«, gab die Kommissarin zurück. »Ich kann es nämlich nicht ausstehen, wenn mich jemand verschaukeln will.«

Mona kam immer noch nicht darüber hinweg, dass sie sich von der Witwe so sehr hatte täuschen lassen. Wenn die Kommissarin nicht abends zu Jan in die Nordsee Kombüse gefahren wäre, hätte sie womöglich niemals Botters geheimes Fremdenzimmer und somit Ulrike Koppers Unterschlupf entdeckt. Ob die Witwe dann mit ihrem Täuschungsmanöver durchgekommen wäre?

Die Kommissarin hielt sich nicht mit dieser Frage auf, sondern fuhr die Ortungssoftware hoch. Sie tippte Ulrike Koppers Mobilnummer ein und startete das Programm. Es dauerte nicht lange, bis das Gerät der Witwe lokalisiert werden konnte. Die Ermittler blickten gespannt auf eine Landkarte der Insel, die auf dem Monitor dargestellt wurde. An der Johann-Calvin-Straße begann ein roter Punkt zu blinken.

»Da stehen einige Ferienhäuser, von denen jetzt im September nicht alle vermietet sein dürften«, meinte Enno. »Es kann gut sein, dass Ulrike Kopper sich in einem davon versteckt.«

»Wirklich zu schade, dass ich beim Zugriff nicht dabei sein kann«, seufzte Mona. »Wo wir gerade schon dabei sind, können wir gleich noch nach Kathrin Lorenz' Smartphone Ausschau halten.«

Die Kommissarin startete eine neue Ortung, indem sie eine zweite Zahlenfolge eingab. Das Ergebnis war verblüffend.

»Hast du dich vertippt?«, fragte ihr Kollege.

»Nein, ich bin doch nicht behämmert. Das hier ist die Nummer von Kathrin Lorenz, die sie mir selbst gegeben hat. Laut unserer Software befinden sich die beiden Telefone an demselben Punkt in der Johann-Calvin-Straße.«

»Dann werde ich den Dingen jetzt auf den Grund gehen«, sagte Enno und griff nach seiner Lederjacke, die er wie immer über die Rückenlehne seines Bürostuhls gehängt hatte.

Mona rutschte auf ihrem Sitz hin und her, als ob sie Ameisen in der Hose hätte. Wie gern wäre sie jetzt mit Enno dorthin gefahren, um Licht in das Dunkel dieses mysteriösen Falls zu bringen! Doch sie machte sich über ihre Einsatzfähigkeit keine Illusionen. Mona konnte Ulrike Kopper gar nicht einschätzen, und bei ihrer letzten Begegnung mit Kathrin Lorenz hatte diese Reißaus genommen.

»Nimmst du Grietje mit, Enno? Sie ist zwar eine Nervensäge, aber an ihren polizeilichen Fähigkeiten habe ich keinen Zweifel. Außerdem sollte eine Beamtin diese beiden Herzchen nach Waffen durchsuchen.«

»Ja, so machen wir das. Ich gebe dir Bescheid, sobald es etwas Neues gibt.«

Mona hatte ein mulmiges Gefühl in der Magengegend, als sie dem Oberkommissar nachblickte. Sie hörte, wie er vorn im Wachlokal mit der Polizeimeisterin sprach. Es dauerte nicht lange, bis das vertraute Motorengeräusch des Opel Vectra ertönte. Enno und Grietje erledigten den Job, und die Kommissarin kam sich nutzlos vor.

Das war natürlich Unsinn, wie sie selbst wusste. Ihr Gelenk würde hoffentlich bald geheilt sein. Trotzdem ging es ihr gegen den Strich, dass ihr Kollege jetzt ohne sie losfuhr. Mona und Enno harmonierten als Team perfekt, sie hatten gemeinsam schon viele Fälle gelöst. Wie würde es sein, wenn der Oberkommissar das Pensionsalter erreichte?

Solche Überlegungen konnte die Ermittlerin momentan überhaupt nicht gebrauchen. Sie konzentrierte sich lieber auf den Fall. Ihr war immer noch nicht klar, warum sowohl Kathrin Lorenz als auch Ulrike Kopper von der Bildfläche verschwunden waren. Steckten die beiden etwa unter einer Decke? Und was war mit den anderen Personen im direkten Umfeld des Ermordeten? Gab es noch weitere Fakten, die Berit Gelbmann womöglich verschwiegen hatte?

Obwohl Mona auf der Dienststelle bleiben musste, konnte sie trotzdem weiter an dem Fall arbeiten. Sie vertiefte sich in eine aufwändige Internet-Recherche, indem sie die Vergangenheit einiger Personen überprüfte. Und dabei stieß sie auf eine interessante Übereinstimmung.

Sie klappte ihren Notizblock auf und vergegenwärtigte sich noch einmal den Mord selbst sowie die spätere Attacke auf Jonte Relling. Allmählich formte sich vor Monas geistigem Auge ein Bild. Es war allerdings noch zu nebulös, um den Tathergang lückenlos rekonstruieren zu können.

Mona war in Gedanken versunken. Sie zuckte zusammen, als sie von Enno angefunkt wurde. Sie griff zu dem Hand-Funkgerät, das vor ihr auf dem Schreibtisch lag.

»Was gibt es Neues, mein Lieber?«

»Eine ganze Menge. Wir haben die beiden Personen angetroffen, wobei wir Kathrin Lorenz zunächst ins Krankenhaus bringen mussten. Wir kommen dann gleich mit Ulrike Kopper zur Dienststelle.«

»Ich bin gespannt wie ein Flitzebogen. Wenn ihr hier eintrefft, werde ich den Tee bereit haben.«

Die Kommissarin beendete den Funkkontakt, griff zu ihrer Unterarm-Gehstütze und humpelte zu der kleinen Küche. Sie wollte sich unbedingt nützlich machen, außerdem half ihr die Tätigkeit des Teekochens beim Nachdenken. Warum musste sich die Tochter des Mordopfers in ärztliche Behandlung begeben? Je länger Mona und Enno in diesem Fall ermittelten, desto mysteriöser wurde er. Jedenfalls kam es ihr so vor.

Die Zeit dehnte sich wie Kaugummi, bis endlich eine vertraute riesenhafte Gestalt im Türrahmen erschien. Enno kam herein und ließ sich schnaufend in seinen Bürostuhl fallen.

»Das war eine Verhaftung nach meinem Geschmack, effizient und unblutig.«

»Am besten erzählst du von Anfang an, mein Lieber.«

»Sehr gern. Grietje und ich trafen also an der Johann-Calvin-Straße ein. Wir hatten uns schon zuvor überlegt, dass die beiden verdächtigen Frauen in eines der Ferienhäuser eingebrochen sein mussten. Alles andere wäre unrealistisch gewesen. Grietje telefonierte einige Vermieter ab. Es kam nur ein Haus infrage.«

»Wie seid ihr vorgegangen?«

»Sämtliche Fensterläden waren geschlossen, das Haus machte auf den ersten Blick einen verwaisten Eindruck. Doch dann entdeckten wir Fußspuren auf dem schmalen Rasenstück zur Straße hin. Vorige Nacht hat es ja geregnet, daher war das Gras noch feucht. Und die Fußabdrücke auf der Türschwelle waren nicht zu übersehen.«

»Wie konntet ihr ins Gebäude eindringen?«

»Grietje und ich waren uns einig, dass wir die beiden überrumpeln mussten. Und das konnte nur mit einem Trick gelingen. Also legte sich Grietje neben der Haustür auf die Lauer. Ich ging zum Einsatzfahrzeug zurück. Dann ließ ich die Sirene kurz heulen, danach griff ich mir das Mikrofon des Außenlautsprechers. Ich sagte: ›Hier spricht die Feuerwehr Borkum. Eine Springflut steht unmittelbar bevor, es herrscht höchste Lebensgefahr. Alle

Einwohner werden gebeten, sich auf höher gelegenes Areal zu begeben‹!«

Mona konnte ein Grinsen nicht unterdrücken.

»Also eine Art Tsunami? Und das in der Nordsee?«

»Etwas Besseres fiel mir auf die Schnelle nicht ein. Und es kam ja darauf an, die beiden aus dem Haus zu locken. Das hat auch geklappt. Nach kaum einer Minute wurde die Tür aufgeschlossen, und Ulrike Kopper kam heraus. Sie hatte ein Messer dabei, aber beim Anblick von Grietjes Dienstwaffe ließ sie es sofort fallen. Unsere junge Kollegin legte der Verdächtigen Handschellen an, und ich ging in das Haus.«

»Versuchte Kathrin Lorenz gar nicht, zu entkommen?«

»Das konnte sie nicht, weil sie mitten im Wohnzimmer gefesselt auf einem Stuhl saß.«

Die Kommissarin stieß langsam die Luft aus den Lungen.

»Oh, Mann. Damit hätte ich nun überhaupt nicht gerechnet, ehrlich gesagt. Ist sie schlimm verletzt? Ihr musstet sie ja ins Krankenhaus bringen.«

»Das haben wir nur vorsichtshalber getan«, erwiderte Enno. »Äußere Wunden konnte ich nicht feststellen. Aber die junge Frau befindet sich gewiss im Schockzustand. Immerhin wurde sie von der Täterin mit einem Messer bedroht.«

»Ich kann es kaum abwarten, Ulrike Kopper zu verhören!«, rief Mona aufgebracht.

»Da werden wir uns noch etwas gedulden müssen«, sagte der Oberkommissar. »Die Dame verweigert die Aussage, sie will zunächst mit einem Rechtsanwalt sprechen.«

»Das ist ihr gutes Recht, Enno. Aber nach deiner Schilderung zu urteilen, wird sie sich wohl kaum aus der Affäre ziehen können. Zumindest Freiheitsberaubung müssten wir ihr locker nachweisen können. Und wer weiß, was Kathrin Lorenz uns noch alles über ihre Peinigerin erzählt.«

Mona musste sich zurückhalten, um ihrem Kollegen nichts von ihren Überlegungen zu berichten. Aber noch waren ihre Schlussfolgerungen zu unausgegoren. Sie wollte sich ungern blamieren, noch nicht einmal Enno gegenüber.

Kapitel 17

Zum Glück wurde die Geduld der Kommissarin nicht auf eine allzu große Probe gestellt. Es vergingen keine zwei Stunden, bis Ennos Telefon klingelte. Das Gespräch dauerte nur kurz.

»Das Stadtkrankenhaus hat angerufen. Kathrin Lorenz geht es so weit gut, sie möchte unbedingt mit uns sprechen. Ich kann mir vorstellen, dass sie ihr Gewissen erleichtern will.«

»Jedenfalls habe ich eine Menge Fragen an sie«, sagte Mona. »Und diesmal komme ich mit, keine Widerrede!«

Wenig später nahm sie auf dem Beifahrersitz des Opel Vectra Platz. Mit dem Auto waren es nur wenige Minuten von der Polizeistation in der Strandstraße bis zum Stadtkrankenhaus in der Gartenstraße.

Die Ermittler wurden bereits von dem Arzt erwartet.

»Die Patientin war leicht dehydriert, weil sie länger keine Flüssigkeit zu sich genommen hat. Wir haben ihr eine Infusion gelegt und ihr ein Beruhigungsmittel gegeben. Sie hat immer wieder nach der Polizei gefragt, deshalb wurden Sie von uns verständigt.«

Mona und Enno versprachen, Kathrin Lorenz nicht übermäßig zu belasten. Danach durften sie zu ihr. Die junge Frau hatte ihr Krankenzimmer für sich allein. Sie war sehr blass im Gesicht, und ihre Augen schimmerten feucht. Der Oberkommissar rückte für seine Kollegin einen Besucherstuhl zurecht, und Mona ließ sich umständlich nieder. Kathrin Lorenz warf einen Blick auf den bandagierten Fuß der Ermittlerin.

»Haben Sie sich verletzt, als Sie mich am Strand verfolgt haben?«

»Sie sind bereits zum zweiten Mal vor mir geflohen, aber lassen wir das. Mein Fuß war schon angeknackst, wahrscheinlich muss ich mir den Schlamassel selbst zuschreiben«, gab Mona zurück. »Uns interessiert vor allem, aus welchem Grund Sie vor mir weggelaufen sind. Wovor hatten Sie Angst?«

Kathrin Lorenz antwortete nicht sofort. Die Kommissarin hakte nach.

»Wir wissen, dass Sie mit Jonte Relling unter einer Decke stecken.«

Die junge Frau riss die Augen auf. Sie wirkte eigentlich nicht besonders nervös, was Mona auf das Beruhigungsmittel zurückführte. Doch jetzt ging ihr Atem schneller, die Brust hob und senkte sich deutlich erkennbar.

»Was ist mit Jonte? Wie geht es ihm?«

»Er liegt ebenfalls hier im Krankenhaus, ist allerdings noch bewusstlos. Jemand hat ihn niedergeschlagen.«

Kathrin Lorenz seufzte.

»Das klingt jetzt vielleicht schräg, aber für mich ist das eine gute Nachricht. Ich hatte solche Angst, dass er nicht mehr lebt.«

»Wer hätte Jonte Relling denn töten sollen?«, fragte die Ermittlerin.

Die Verdächtige senkte den Blick.

»Der Mann, den wir erpresst haben«, flüsterte sie nach einer längeren Pause.

»Das müssen Sie uns genauer erklären«, bat Enno. »Woher kennen Sie Jonte Relling überhaupt?«

»Ich bin ja nach Borkum gekommen, weil ich meinen Vater treffen wollte. Und ich wusste, dass die TV-Aufzeichnung im Hotel Teutonia stattfinden würde. Ich war schon einige Tage vorher auf der Insel und schaute mir die Umgebung an der Jann-Berghaus-Straße genauer an. Da kam ich mit Jonte ins Gespräch, als er eine Zigarettenpause machte. Wir verstanden uns sofort und verknallten uns ineinander.«

Mona runzelte die Stirn. Konnten tiefere Gefühle wirklich so Knall auf Fall entstehen? Bei ihr selbst dauerte es viel länger, Jan Lummer kannte sie beispielsweise schon fast ein Jahr lang. Und erst jetzt kamen sie sich allmählich näher. Doch sie führte sich vor Augen, dass sowohl Kathrin Lorenz als auch Jonte Relling noch sehr jung waren. Zumindest die Empfindungen von Koppers Tochter schienen echt zu sein. Oder ließ die Kommissarin sich schon wieder hinter das Licht führen? Das würden die weiteren Ermittlungen zeigen.

»Wie ging es weiter?«, fragte Enno.

»Ich erzählte Jonte, dass Tiemo Kopper mein Vater sei. Und er gestand mir, dass ihn jemand angeheuert hätte, um den TV-Koch zu ermorden.«

Für einen Moment herrschte Stille in dem Krankenzimmer. Mit dieser Nachricht hatte Mona nicht gerechnet. War das Abführmittel-Attentat nur ein Ablenkungsmanöver gewesen? Oder wollte Jonte Relling der jungen Frau gegenüber besonders dick auftragen?

»Hat Ihr Freund den Namen dieses Auftraggebers genannt?«, forschte sie.

Kathrin Lorenz schüttelte den Kopf.

»Nein. Er sagte: ›Je weniger du weißt, desto sicherer bist du‹. Wichtig ist: Jonte wollte auf gar keinen Fall meinen Vater töten. Er hat sich nur zum Schein auf die Sache eingelassen, um seinen Auftraggeber zu erpressen.«

»Und welche Rolle spielen Sie bei diesem Komplott?«, fragte Mona.

»Ich hätte Jonte geholfen, aber das wollte er nicht. Wir planten, gemeinsam wegzugehen und ein neues Leben anzufangen.«

»Hat Ihnen Ihr Freund auch verraten, um welche Summe es bei der Erpressung gehen sollte?«

»Es war von fünfzigtausend Euro die Rede.«

Die Kommissarin versuchte, die neuen Informationen einzuordnen. War nun Jonte Relling doch der Mörder des TV-Kochs? Leo Knecht hatte ja bereits gestanden, das Abführmittel-Attentat eingefädelt zu haben. Doch warum sollte der Konkurrent als Einziger auf die Idee gekommen sein, die Zutaten bei der Koch-Show zu manipulieren? Hatte Jonte Relling seine Dienste noch einer anderen Person angeboten? Auf jeden Fall waren fünfzigtausend Euro eine größere Motivation für eine Straftat als der läppische halbe Tausender, mit dem Knecht Jonte für seinen dümmlichen Streich abgespeist hatte. Und Erpressung war zwar ein ernsthaftes Delikt, wog aber nicht so schwer wie Mord oder Totschlag. Es war gut vorstellbar, dass der Anstifter sich Jontes Diskretion fünfzigtausend Euro kosten ließ.

Oder ihn für immer zum Schweigen brachte.

»Sie wissen, was mit Ihrem Freund geschehen ist?«, vergewisserte Enno sich. Kathrin Lorenz schaute den Oberkommissar an.

»Er ist wahrscheinlich von der Person attackiert worden, die er erpresst hat. Als Jonte nicht auf meine Anrufe reagierte, wurde ich unruhig und ging zum Hotel Teutonia. Da sah ich den Rettungswagen und bekam Panik. Ich rannte davon. Natürlich konnte ich nicht in mein Pensionszimmer zurück. Es wäre ja möglich gewesen, dass Jonte dem Angreifer auch etwas über mich verraten hatte.«

»Warum sind Sie nicht zur Polizei gegangen?«, wollte Mona wissen.

»Daran habe ich auch gedacht, aber ich war Mitwisserin einer Erpressung. Ich dachte, dass ich mich strafbar gemacht hätte. Deshalb bin ich fortgelaufen, als Sie mich am Strand bemerkten.«

»So weit kann ich alles nachvollziehen, Frau Lorenz«, erwiderte die Kommissarin. »Doch wie kam es zu dem Kontakt zwischen Ihnen und Frau Kopper?«

Kathrin Lorenz lachte, aber sie klang nicht amüsiert.

»Kontakt? So kann man es auch nennen! Plötzlich tauchte diese Furie neben mir auf und drückte mir eine Messerspitze gegen die Rippen. Ich hatte Todesangst, das können Sie mir glauben. Sie sagte: ›Mit dir habe ich ein Hühnchen zu rupfen.‹ Ich wusste zuerst gar nicht, dass dieses Biest die Ehefrau meines Vaters ist. Sie ging mit mir in dieses leer stehende Ferienhaus, wo sie mich fesselte. Sie drohte damit, mich umzubringen. Ich sollte gestehen, eine Affäre mit Tiemo Kopper zu haben.«

»Und – wie reagierten Sie?«

»Gar nicht, Frau Sander. Mir war nämlich klar, dass ich so oder so sterben würde. Wenn ich die Wahrheit sagte, hätte das für diese Frau nach einer faulen Ausrede geklungen. Oder sie wäre erst recht sauer geworden, weil ihr Mann ein uneheliches Kind hatte. Und wenn ich behauptet hätte, seine Freundin zu sein, wäre ich auf jeden Fall dran gewesen. Also tat ich so, als ob ich das Bewusstsein verlieren würde.«

Das war clever gewesen, wie Mona zugeben musste. Kathrin Lorenz hatte ihre Entführung gut überstanden, wenn man vom psychischen Stress absah. Ihre Aussage über Ulrike Kopper passte zu dem Bild, das die Kommissarin inzwischen von dieser Frau hatte. Die Witwe war offenbar von krankhafter Eifersucht erfüllt. Wahrscheinlich war ihr Kathrin Lorenz im Gespräch mit Tiemo Kopper aufgefallen, und sie hatte seine Tochter daraufhin für seine Geliebte gehalten.

Aber war sie auch die geheimnisvolle Auftraggeberin des Mordes? Aber es sollte sich doch um einen Mann handeln, oder hatte Kathrin da etwas missverstanden? Diese Frage konnte momentan nur Jonte Relling beantworten. Doch ob er in absehbarer Zeit aus dem Koma erwachen würde, stand noch überhaupt nicht fest.

»Und Frau Kopper versuchte nicht, Ihre Ohnmacht zu beenden?«, wollte Enno wissen.

»Doch, das tat sie. Die Furie klatschte mir einen nassen Lappen ins Gesicht, außerdem verpasste sie mir ein paar saftige Ohrfeigen. Doch ich blieb dabei, mich bewusstlos zu stellen. Ich wollte Zeit gewinnen und hoffte auf Hilfe. So ist es dann ja auch gekommen.«

»Ist Ulrike Kopper zwischendurch weggegangen?«

»Das wäre möglich, Herr Moll. Ich traute mich ja nicht, die Augen zu öffnen. Außerdem verlor ich jedes Zeitgefühl. Die Ungewissheit war das Schlimmste. Ich wünsche meinem schlimmsten Feind nicht, in eine solche Situation zu geraten.«

Mona beugte sich vor, wobei sie sich auf ihre Krücke stützte.

»Kommen wir noch einmal auf die Erpressung zurück«, sagte sie. »Ihr Freund Jonte muss ein Druckmittel gehabt haben, um dem Mörder von Tiemo Kopper die Hölle heißmachen zu können. Hat er Ihnen irgendetwas gegeben?«

Die junge Frau nickte. Ihre Augen füllten sich erneut mit Tränen.

»Diesen Anker hier, als Zeichen unserer Verbundenheit. Ist das nicht romantisch?«

Der Kommissarin war schon aufgefallen, dass Kathrin Lorenz einen kleinen metallenen Anker an einem Lederband um den Hals trug.

»Darf ich einmal sehen?«, bat Mona.

Kathrin Lorenz zögerte, doch dann nahm sie das Schmuckstück ab und überreichte es der Ermittlerin. Mona schaute sich den Anker genau an. Auf den ersten Blick war es ein gängiges Stück Modeschmuck, wie man es überall an der Küste und auf den Inseln zu sehen bekommt. Doch dann entdeckte die Kommissarin das Drehgewinde. Sie schraubte den Anker auf, und ein USB-Stick fiel heraus.

Kapitel 18

Mona gab der verblüfften Kathrin Lorenz die Kette zurück.

»Sie können Ihren Anker gern behalten, aber dieses Speichermedium muss ich zunächst beschlagnahmen. Womöglich enthält es Informationen über die Person, die Ihren Vater getötet und Ihren Freund schwer verletzt hat.«

»Dann können Sie den Stick gern behalten!«, erwiderte die junge Frau empört. »Ich hoffe wirklich, dass Sie diesen Psycho bald hinter Gitter bringen!«

Die Ermittler verabschiedeten sich. Bevor sie das Krankenhaus verließen, fragten sie Dr. Siemers noch nach Jonte Relling.

»Der Zustand des Patienten ist unverändert«, lautete die Antwort. »Die Vitalfunktionen sind stabil, aber ich kann unmöglich einschätzen, wann er das Bewusstsein wiedererlangt.«

Außerdem sprachen Mona und Enno noch kurz mit Polizeimeister Hauke Knudsen, den der Chef mit der Bewachung des Verletzten beauftragt hatte.

»Noch ist der Täter auf freiem Fuß«, sagte die Kommissarin zu dem jungen semmelblonden Kollegen. »Du darfst kein Risiko eingehen, wenn sich ein Unbefugter dem Kranken nähert. Am besten forderst du in dem Fall sofort Verstärkung an.«

»Wird gemacht«, versicherte Knudsen.

Die Kommissare fuhren zur Dienststelle zurück.

»Glaubst du, dass Ulrike Kopper ihren Ehemann vergiftet hat, Mona?«

»Ich hoffe, dass der USB-Stick uns bei der Beantwortung dieser Frage hilft. Die Preisfrage lautet: Hat die Witwe gewusst oder geahnt, dass Kathrin Lorenz bei der versuchten Erpressung Jontes Komplizin war?«

»Das wäre eine weitere Erklärung dafür, dass Ulrike Kopper die junge Frau verschleppt hat«, meinte Enno nickend.

Auf der Polizeistation schob die Kommissarin den USB-Stick in ihren PC und schaltete die Lautsprecher ein. Auf dem Speichermedium befand sich nur eine Audiodatei, die Mona nun abspielte. Im Hintergrund waren das Meeresrauschen und das Kreischen der Möwen zu hören. Offenbar hatte das Treffen am Strand oder auf der Promenade stattgefunden.

»Es ist ganz einfach«, sagte ein Mann. Er klang rau. »Du wartest einen unbeobachteten Moment ab, am besten kurz vor Beginn der TV-Aufzeichnung. Dann schüttest du den Inhalt des Fläschchens auf den Kugelfisch.«

»Was wird geschehen?«, fragte ein junger Mann, den Mona an der Stimme als Jonte Relling erkannte. Der andere lachte.

»Die Sendung geht gewaltig in die Hose! Und du bekommst fünfhundert Euro für den Spaß.«

»Okay, ich mache es.«

Nach diesem Satz des Beikochs war die Aufzeichnung vorbei. Enno sah enttäuscht aus.

»Unter brisantem Erpressungsmaterial stelle ich mir aber etwas anderes vor! Dieser andere Mann ist zweifellos Leo Knecht. Aber wir wissen doch schon, dass er für den Streich mit dem Rizinusöl verantwortlich war. Und in dem Fläschchen in Jontes Spind war wirklich nur Abführmittel.«

»Ja, mit dieser Datei kann man zweifellos keine fünfzigtausend Euro erpressen«, murmelte Mona. »Ich habe eine Vorstellung, die aber noch ziemlich unausgegoren ist. Wir sollten zunächst Ulrike Kopper verhören, danach sehen wir hoffentlich klarer.«

»Die Lippen dieser Dame sind versiegelt, bevor sie mit einem Strafverteidiger gesprochen hat«, erinnerte der Oberkommissar. Doch Mona und Enno erfuhren wenig später von Grietje, dass während ihrer Abwesenheit ein Rechtsanwalt eingetroffen war und sich bereits mit Ulrike Kopper beriet.

»Als er die Wache betrat, dachte ich erst, dass sich ein Dressman zu uns verirrt hätte«, bemerkte die sommersprossige Polizeimeisterin auf ihre unnachahmliche Art. »Frau Kopper hat den Juristen offenbar aus Hamburg einfliegen lassen.«

Dieser Vermutung konnte Mona sich nur anschließen, da sie den Fahrplan der Fähren und Katamarane im Kopf hatte. Der Verteidiger war anscheinend mit einer Chartermaschine seiner Mandantin zu Hilfe geeilt.

Die Kommissare mussten sich noch etwas gedulden, bis die Befragung stattfinden konnte. Mona musste Grietje innerlich recht geben. Dr. Ansgar Brenner trug einen Maßanzug und war sich seiner männlichen Schönheit nur allzu bewusst. Die Ermittlerin konnte ihn sich jedenfalls besser auf dem Laufsteg als in einem Gerichtssaal vorstellen. Dennoch machte sie nicht den Fehler, ihn nur als einen selbstgefälligen Schaumschläger abzutun. Die Kommissarin ging davon aus, dass ein gut bezahlter Spitzenanwalt auch sein Geld wert war.

Nachdem die Ermittler und Dr. Brenner sich einander vorgestellt hatten und Frau Kopper über ihre Rechte belehrt worden war, kam der Jurist sofort zur Sache.

»Was genau werfen Sie meiner Mandantin eigentlich vor?«

»Ulrike Kopper hat Kathrin Lorenz mit einem Messer bedroht und entführt«, erklärte Enno. »Außerdem steht der Verdacht des Mordes an ihrem Ehemann im Raum.«

Die Witwe reagierte mit einem hysterischen Lachen.

»Das ist doch ein Witz! Ich habe Tiemo geliebt!«

»Überlassen Sie das Reden bitte mir, Frau Kopper«, sagte Dr. Brenner. Dann wandte er sich an Enno: »Können Sie diese Anschuldigungen auch beweisen?«

»Wir haben die Zeugenaussage von Frau Lorenz, außerdem haben Polizeimeisterin Smit und ich selbst die Geisel aus der Gewalt Ihrer Mandantin befreit.«

Der Anwalt schüttelte den Kopf.

»Davon spreche ich nicht. Frau Kopper hat mir von diesem bedauernswerten Zwischenfall erzählt, den sie zutiefst bereut. Sie befindet sich in einem psychischen Ausnahmezustand, hervorgerufen durch den Tod ihres Ehemanns. Wir werden ein entsprechendes ärztliches Attest vorlegen.«

»Davon bin ich überzeugt«, warf Mona ein. Ihr war klar, dass Dr. Brenner die Unzurechnungsfähigkeit seiner Mandantin ins Feld führen wollte. Daran glaubte die Ermittlerin allerdings nicht. Ihrer Meinung nach hatte Ulrike Kopper sehr planvoll und überlegt gehandelt, auch bei der Entführung der vermeintlichen Geliebten.

Der Strafverteidiger warf Mona einen hochnäsig wirkenden Blick zu.

»Haben Sie genügend medizinischen Sachverstand, um Zweifel anzumelden, Frau Sander?«

»Ich kann keine Blinddarmoperation durchführen, genauso wenig wie Sie selbst, Herr Dr. Brenner. Ich stelle nur fest, dass Ihre Mandantin unter falschem Namen nach Borkum gekommen ist und sich in einer nicht gemeldeten Unterkunft eingemietet hat. Da stellt sich uns als Polizisten doch die Frage nach dem Grund für dieses Verhalten.«

Der Jurist nickte.

»Meine Mandantin war mit einem sehr prominenten Starkoch verheiratet, der eine eigene Fernsehshow hatte. Sie musste befürchten, erkannt zu werden – vor allem, weil zu der Zeit eine Sendung von Herrn Kopper auf der Insel produziert wurde. Da seine Ehefrau die Ruhe und Abgeschiedenheit suchte, hat sie einen falschen Namen benutzt. Dass ihr Privatzimmer nicht ordnungsgemäß angemeldet war, wusste meine Mandantin nicht.«

Ulrike Kopper stand keineswegs im Licht der Öffentlichkeit, soweit Mona informiert war. Die Behauptung des Anwalts war nicht stichhaltig. Andererseits: Wie sollte die Kommissarin beweisen, dass die Verdächtige nach Borkum gekommen war, um ihrem Ehemann hinterherzuspionieren und ihn zu vergiften? Mona erinnerte sich an die Vernehmungen, die sie mit dem Küchen- und Hotelpersonal durchgeführt hatte. Es gab niemanden, der Ulrike Kopper vor der TV-Aufzeichnung in der Küche gesehen hatte. Und die Blausäure konnte sie sich schon vor ihrer Ankunft auf der Insel beschafft haben.

»Erzählen Sie uns doch einfach, was Sie am Abend der Fernsehshow getan haben«, bat Enno freundlich. Ulrike Kopper schaute ihren Strafverteidiger hilfesuchend an.

»Meine Mandantin war spazieren«, sagte Dr. Brenner. »Sie kennt sich auf Ihrer schönen Insel nicht aus, deshalb kann sie die genauen Routen nicht benennen. Auf jeden Fall ist ihr keine Menschenseele begegnet.«

»Ein tolles Alibi!«, höhnte Mona, die allmählich die Geduld verlor. Der Rechtsanwalt warf ihr einen kalten Blick zu.

»Woher hätte Frau Kopper wissen können, dass sie ein Alibi benötigen würde?«

Die Kommissarin musste sich auf die Zunge beißen, um einen ihrer berüchtigten Wutausbrüche abzuwenden. Wenn sie nicht aufpasste, würde sie sich um Kopf und Kragen reden. Ohne ein Geständnis würde es sehr schwer werden, diesen Fall befriedigend abzuschließen. Gewiss, bei der Entführung würde Ulrike Kopper sich nicht herausreden können. Was den Mord anging, sah die Sache aber schon anders aus. Zwar gab es noch einen anderen Verdächtigen, doch dessen Schuld erschien der Kommissarin noch schwieriger nachweisbar.

Plötzlich platzte Grietje in den Verhörraum. Mona zuckte zusammen, weil sie gerade in Gedanken versunken gewesen war.

Die Zurechtweisung blieb ihr allerdings im Hals stecken, als die junge Kollegin den Mund öffnete.

»Hauke hat angerufen. Er konnte einen Verdächtigen festnehmen, der Jonte Relling töten wollte!«

Kapitel 19

Mona fragte nicht nach dem Namen des Täters. Er würde sich dem jungen Kollegen gewiss nicht vorgestellt haben. Stattdessen sagte sie: »Hauke braucht Verstärkung. Fahrt zum Krankenhaus und schafft den Verhafteten umgehend hierher.«

»Nichts lieber als das«, erwiderte Grietje und machte auf dem Absatz kehrt. Genau wie die Kommissarin schätzte auch sie Schreibtischarbeit überhaupt nicht und war lieber draußen im Einsatz.

Mona und Enno beendeten das Verhör, indem sie Ulrike Kopper und ihrem Anwalt das Protokoll vorlegten. Die Witwe hatte die Entführung und Bedrohung von Kathrin Lorenz gestanden und würde sich dafür vor Gericht verantworten müssen. Ob sie wegen ihres seelischen Zustands auf Milde hoffen konnte, musste sich dort entscheiden. Der Strafverteidiger hatte noch an zwei oder drei Textpassagen etwas auszusetzen, aber letztlich kritzelte Ulrike Kopper doch ihre Unterschrift auf das letzte Blatt Papier.

Die Witwe und ihr Rechtsbeistand verabschiedeten sich, aber Mona war gedanklich sowieso schon bei dem festgenommenen Angreifer. Enno schaute sie nachdenklich an.

»Also ist Ulrike Kopper jetzt als Mordverdächtige aus dem Schneider?«

»Selbstverständlich, mein Lieber! Allmählich fügen sich die Puzzleteile zusammen. Und ich kann es kaum abwarten, bis die Kollegen uns den Verdächtigen bringen.«

Die Kommissare mussten sich noch etwas gedulden, weil der Mann zunächst nach Waffen durchsucht und erkennungsdienstlich behandelt wurde. Doch schließlich führte Hauke Knudsen den Verhafteten in den Verhörraum.

Es war Leo Knecht.

»Gut gemacht«, sagte Mona zu dem jungen Polizeimeister. »Was ist im Krankenhaus vorgefallen?«

»Ich hatte mir kurz einen Kaffee geholt. Als ich zurückkehrte, hörte ich ein verdächtiges Geräusch aus dem Patientenzimmer. Ich riss die Tür auf und sah, dass dieser Herr ein Kissen auf das Gesicht von Jonte Relling drückte.«

Knudsen zeigte auf Knecht, der sich auf einen Stuhl fallen gelassen hatte und dem Beamten einen heimtückischen Blick zuwarf.

Der Polizist fuhr fort: »Es gelang mir, ihn von seinem Opfer wegzuzerren und ihm Handschellen anzulegen.«

»Wie geht es Jonte?«, wollte Enno wissen.

»Er lebt, der Arzt hat sich sofort um ihn gekümmert. Genaueres kann ich nicht sagen.«

»Danke, Hauke. Wir kommen jetzt allein mit dem Verdächtigen zurecht«, meinte Enno. Der junge Kollege nickte den Kommissaren zu und verließ den Raum. Mona wandte sich an Knecht.

»Wir vernehmen Sie als Beschuldigten des Mordes an Tiemo Kopper und des Mordversuchs an Jonte Relling. Wünschen Sie einen Rechtsbeistand?«

Der TV-Koch schwieg.

»Nun gut, wir haben Zeit«, fuhr die Ermittlerin fort. »Sie können es sich ja noch überlegen. Ich muss zugeben, dass ich lange Zeit an Ihrer Schuld gezweifelt habe. Die betrogene Ehefrau Ulrike Kopper hatte in meinen Augen ein mindestens ebenso starkes Motiv für die Tat wie Sie. Ich meine, Tiemo Kopper war kein freundlicher Mensch. Er hat praktisch Ihre berufliche Existenz zerstört, Sie stehen vor dem Nichts. Und trotzdem wollen Sie es ihm nur mit einem Dumme-Jungs-Streich heimzahlen? Das wäre wirklich sehr edelmütig von Ihnen gewesen.«

Knecht senkte den Kopf, sodass die Kommissarin ihm nicht in die Augen sehen konnte. Seine Gelenke waren immer noch mit Handschellen hinter dem Rücken gefesselt.

»So einfach wollten Sie Ihren Erzrivalen natürlich nicht davonkommen lassen«, sagte Mona. »Er sollte sterben. Und er bot Ihnen eine Steilvorlage, indem er dieses Kugelfisch-Rezept im Fernsehen präsentieren wollte. Allein daran konnte man schon erkennen, an welcher Selbstüberschätzung Kopper litt. Er bildete sich ein, dass deutsche Gesetze für einen Star wie ihn nicht gelten würden. Und er wagte sich an ein Produkt heran, das selbst sehr erfahrene japanische Köche nur mit höchstem Respekt behandeln.«

»Verdammt richtig!«, platzte Knecht heraus. »Der Kerl hielt sich für unsterblich, so kam es mir jedenfalls vor. Aber diesen Zahn habe ich ihm gründlich gezogen!«

Die Kommissarin schüttelte den Kopf.

»Kopper ist tot, aber Sie verabscheuen ihn noch immer. Und ich muss Ihre Weitsicht bewundern. Sie hofften vermutlich, dass Koppers Tod als Unfall durchgehen würde. Aber was, wenn sich die

Fremdeinwirkung doch nachweisen ließ? Auf wen würde der Verdacht fallen? Doch wohl in erster Linie auf Koppers schärfsten Konkurrenten! Und Sie waren auf Borkum, für jeden sichtbar, wie auf dem Präsentierteller.«

»Stimmt genau, Frau Sander. Ich hatte ja keine Ahnung, dass Koppers Ehefrau sich auch auf der Insel befindet. Wenn es mir bekannt gewesen wäre, hätte ich den Verdacht auf sie gelenkt.«

»Auch ohne Ihr Zutun hatten wir die Witwe zunächst im Visier«, räumte Mona ein. »Aber zurück zu Ihnen. Sie wussten oder ahnten, dass wir Ihnen die Tat zutrauen würden. Also dachten Sie sich das Abführmittel-Attentat aus. Wir sollten glauben, dass Sie Ihrem Rivalen schaden, ihn aber nicht töten wollten.«

»Auf diese Weise war gleichzeitig Ihre Anwesenheit auf der Insel erklärt«, fügte Enno hinzu.

»Wie haben Sie eigentlich Jonte Relling kennengelernt?«, wollte Mona wissen. Knecht schaute die Kommissarin gereizt an. Er schien einen Moment lang zu überlegen, ob er überhaupt antworten sollte. Schließlich öffnete er den Mund.

»Man kennt sich in der Branche. Man findet leicht heraus, ob jemand sich schon mal die Hände schmutzig gemacht hat und auf schnell verdientes Geld steht.«

»Zumal Sie ja Rellings Chef Barne Tiek ganz gut kennen«, bemerkte die Ermittlerin. Ihr Kollege warf ihr einen verblüfften Blick zu.

»Ich habe vorhin herausgefunden, dass unser Gast Herr Knecht und Herr Tiek vor Jahren in einem Düsseldorfer Luxushotel zusammengearbeitet haben«, sagte Mona. »Ich hatte noch keine Gelegenheit, es dir zu erzählen.«

Warum hatte der Chefkoch des Hotels mit keiner Silbe erwähnt, dass er und Knecht früher Kollegen gewesen waren? Diese Frage konnte die Kommissarin sich leicht selbst beantworten. Tiek wusste natürlich von der Rivalität zwischen Knecht und dem Mordopfer. Er hatte vermutlich geschwiegen, um nicht selbst in den Fokus der Ermittlungen zu gelangen.

»Das Bürschchen sollte nur Rizinusöl auf die Zutaten kippen«, murrte der verhaftete TV-Koch.

»Wissen Sie was? Das glaube ich Ihnen sogar«, sagte Mona. »Jonte Relling war Ihr Strohmann. Wäre der Beikoch erwischt worden, hätte man bei ihm kein Gift, sondern nur Abführmittel gefunden. Ihm wäre nur ein geschmackloser Scherz, nicht aber ein schweres Verbrechen nachzuweisen gewesen. Vielleicht hofften Sie sogar darauf, dass jemand Relling ertappen würde. Dann wäre die Aufmerksamkeit auf ihn gerichtet gewesen. Sie selbst waren es nämlich, der den Kugelfisch mit Blausäure vergiftet hat.«

»Sie merken aber auch alles!«, höhnte Knecht. Die Kommissarin ließ sich nicht beirren.

»Zugegeben, anfangs bin ich Ihnen auf den Leim gegangen. Ich hielt Sie für einen missgünstigen Mann, der seinem erfolgreichen Konkurrenten einfach nur die TV-Show verderben will. Doch dann erwies sich Ihr Komplize Jonte Relling als ein Klotz am Bein. Worum ging es bei dem Streit, den mein Kollege und ich beobachtet haben, wirklich?«

Der Mordverdächtige schien zu überlegen, ob er noch eine Ausrede erfinden sollte. Aber anscheinend fiel ihm nichts mehr ein.

»Ich gab Relling die vereinbarten fünfhundert Euro. Da forderte er plötzlich mehr, nämlich Fünfzigtausend. Er hätte angeblich beobachtet, wie ich die Blausäure auf den Fisch gegeben habe.«

»Woher hatten Sie das Gift eigentlich?«, wollte Enno wissen.

»Aus dem Internet, da kann man sich alles beschaffen.«

»Konnte Relling Sie denn wirklich ernsthaft erpressen?«, fragte Mona. »Gibt es Beweise, die Sie belasten?«

»Der Kleine behauptete, mit seinem Smartphone ein Foto von mir gemacht zu haben. Als ich mich in die Küche schlich, hatte ich keinen Blick für meine Umgebung, war nur auf den Kugelfisch konzentriert. Es ist schon möglich, dass Relling sich in irgendeinem Winkel versteckte und mich fotografierte. Ich wurde zunächst mal fuchsteufelswild, als er mit seiner Forderung um die Ecke kam. Doch dann sagte ich mir, dass ich kein Risiko eingehen konnte. Allerdings habe ich keine fünfzigtausend Euro, noch nicht mal fünftausend. Also behauptete ich, das Geld erst auftreiben zu müssen.«

»Das hatten Sie aber gar nicht vor«, mutmaßte Enno.

Knecht verzog den Mund.

»Sie als Bullen sollten doch wissen, dass Erpresser niemals zufrieden sind. Selbst wenn ich gezahlt hätte, wäre ich dadurch nicht vom Haken gewesen. Also beschloss ich, Relling ebenfalls zu erledigen.«

»In der Küche gibt es noch mehr Personal«, stellte der Oberkommissar fest. »Hatten Sie keine Bedenken, dass es Zeugen gäbe?«

»Doch, natürlich. Wenn mir jemand über den Weg gelaufen wäre, hätte ich behauptet, meinen ehemaligen Kollegen Barne Tiek besuchen zu wollen. Aber ich hatte Glück. Ich erwischte Relling allein und zog ihm ein Metallrohr über den Schädel.«

»Wo ist die Tatwaffe jetzt?«, fragte Mona.

»Ich habe das Ding in die Nordsee geworfen.«

»Was machten Sie nach dem Angriff auf Relling?«

»Ich versteckte mich in der Nähe. Daher bekam ich mit, dass er nicht tot, sondern nur verletzt war. Natürlich schwitzte ich Blut und Wasser. Wenn der Beikoch wieder zu sich kam, wäre ich erledigt. Ich fand heraus, dass er ins Stadtkrankenhaus Borkum gebracht wurde. Und leider waren Sie clever genug, ihn unter Polizeischutz zu stellen. Ich hatte immer noch die Hoffnung, dass Relling von selbst sterben würde. Doch die erfüllte sich nicht. Als Ihr Kollege kurz wegging, schlich ich mich in das Krankenzimmer. Doch bevor ich Relling endgültig ausschalten konnte, kehrte der Polizist zurück.«

»So ein Pech für Sie«, sagte die Kommissarin ironisch.

Kapitel 20

Es hatte tagsüber immer wieder Regenschauer gegeben, doch in der Abenddämmerung wurden die Borkum-Urlauber mit einem beinahe perfekten Sonnenuntergang am Horizont belohnt. Die Lichtstrahlen färbten die wenigen Quellwolken purpurfarben.

Leo Knecht war nach seinem Mordgeständnis aufs Festland überstellt worden, wo er einem Untersuchungsrichter vorgeführt wurde. Die Inselkommissare hatten auch ihre Ermittlungsergebnisse über Kathrin Lorenz an die Staatsanwaltschaft in Emden weitergeleitet. Ob gegen die junge Frau Anklage wegen Beteiligung an einer Erpressung erhoben wurde, musste dort entschieden werden. Damit hatte die Polizei Borkum nichts mehr zu tun.

Ulrike Kopper war bereits wieder in Hamburg. Bei ihr war keine Untersuchungshaft verhängt worden, weil nach Ansicht der Justiz keine Flucht- oder Verdunkelungsgefahr bestand. Über ihren psychischen Zustand mussten Gutachter entscheiden.

Mona hatte bereits seit Stunden Feierabend, als ihr Smartphone klingelte. Enno war am Apparat.

»Moin, mein Lieber! Was gibt es Neues?«

»Entschuldige die Störung. Ich wollte dir nur kurz Bescheid sagen, dass Jonte Relling aufgewacht ist.«

»Gut, holst du mich gleich mit dem Auto ab?«

»Nicht nötig, heute Abend müssen wir nicht mehr tätig werden. Ich habe gerade kurz mit Jonte gesprochen. Er gibt den Erpressungsversuch zu. Und es existiert wohl wirklich ein Foto von Knecht, das ihn mit einer Gift-Phiole bei den Kugelfisch-Zutaten zeigt. Jonte hat das Bild in einer Cloud gespeichert, sodass man es bei ihm nicht finden konnte. Falls Knecht also auf die Idee kommen sollte, sein Geständnis zu widerrufen, können wir jetzt diese Aufnahme verwenden. Aber das hat bis morgen Zeit.«

»Das sind gute Nachrichten, Enno.«

»Ist bei dir alles in Ordnung, Mona?«, fragte der Oberkommissar besorgt. »Du klingst so kurzatmig.«

»Ja, ich bin eben in der Küche gewesen, und das Gehen mit Krücke erfordert immer noch Akrobatik. Mir geht es gut, mach dir bitte keine Sorgen. Wir sehen uns dann morgen, einverstanden?«

»Morgen ist Oltbeck wieder da«, gab Enno zu bedenken. »Wenn du dir einen Vortrag ersparen willst, lässt du dich besser ein paar Tage dienstunfähig schreiben.«

»Dann wird mir wohl nichts anderes übrig bleiben«, seufzte sie. »Ich wünsche dir einen schönen Abend, wir telefonieren morgen wieder.«

Enno beendete das Gespräch, und Mona zog die Bettdecke etwas höher und schmiegte sich enger an Jan.

»Du warst gar nicht in der Küche, du hast deinen Kollegen angelogen«, neckte der Gastwirt sie.

»Richtig geschwindelt habe ich nicht, irgendwann vorhin war ich wirklich dort«, behauptete die Kommissarin. »Und in anderer Hinsicht habe ich voll und ganz die Wahrheit gesprochen.«

»Ja?«

»Ja – als ich nämlich sagte, dass es mir gut geht.«

Mona bekräftigte ihre Worte, indem sie Jan einen langen und zärtlichen Kuss gab.

ENDE

Ostfrieslandkrimi-Empfehlungen des Klarant Verlages

Lernen Sie die Ostfrieslandkrimi-Serie »Mona Sander und Enno Moll ermitteln« von Sina Jorritsma kennen:

Friesische Inselidylle? Von wegen! Auf der ostfriesischen Insel Borkum lösen Kommissarin Mona Sander und ihr Kollege Enno Moll knifflige Mordfälle. Die emotionale Kommissarin geht bei der Verbrecherjagd gerne ihren eigenen Weg und scheut dabei kein Risiko … Bei der Krimireihe der Autorin Sina Jorritsma ist Hochspannung garantiert!

In der Serie sind bereits folgende Ostfrieslandkrimis erschienen:

»Friesenbraut«, Band 1
Taschenbuch ISBN: 978-3-95573-557-9
eBook ISBN: 978-3-95573-556-2

Auf der ostfriesischen Insel Borkum verschwindet eine Braut kurz vor der Eheschließung. Zunächst glauben die Kommissare Mona Sander und Enno Moll noch an einen dummen Streich. Aber wenig später wird das blutverschmierte Brautkleid gefunden. Ist die dunkelhaarige Schönheit einem Gewaltverbrechen zum Opfer gefallen? Die Inselkommissare finden Indizien, die aber nicht zusammenpassen. Hat der undurchsichtige Exfreund der Braut seine Hände im Spiel? Wer war an den geheimen Sex-Spielen im Ferienhaus beteiligt? Und welches Interesse verfolgt der machtbesessene zukünftige Schwiegervater? Dann findet die Polizei eine Leiche – und muss feststellen, dass die Dinge ganz anders sind, als sie auf den ersten Blick scheinen. Die Mörderjagd versetzt nicht nur die friedliche Nordseeinsel in Aufruhr, sondern wird auch zur persönlichen Herausforderung für Mona Sander. Sie wird selbst zur Zielscheibe des Mörders …

»Friesenkreuz«, Band 2
Taschenbuch ISBN: 978-3-95573-552-4
eBook ISBN: 978-3-95573-600-2

»Friesenlauf«, Band 3
Taschenbuch ISBN: 978-3-95573-553-1
eBook ISBN: 978-3-95573-618-7

»Friesenflirt«, Band 4
Taschenbuch ISBN: 978-3-95573-542-5
eBook ISBN: 978-3-95573-541-8

»Friesenwahn«, Band 5
Taschenbuch ISBN: 978-3-95573-622-4
eBook ISBN: 978-3-95573-623-1

»Friesenstalker«, Band 6
Taschenbuch ISBN: 978-3-95573-688-0
eBook ISBN: 978-3-95573-701-6

»Friesenjuwel«, Band 7
Taschenbuch ISBN: 978-3-95573-764-1
eBook ISBN: 978-3-95573-765-8

»Friesenwrack«, Band 8
Taschenbuch ISBN: 978-3-95573-796-2
eBook ISBN: 978-3-95573-797-9

»Friesenbarbier«, Band 9
Taschenbuch ISBN: 978-3-95573-833-4
eBook ISBN: 978-3-95573-832-7

»Friesenstrand«, Band 10
Taschenbuch ISBN: 978-3-95573-875-4
eBook ISBN: 978-3-95573-876-1

»Friesenlist«, Band 11
Taschenbuch ISBN: 978-3-95573-934-8
eBook ISBN: 978-3-95573-935-5

»Friesenblues«, Band 12
Taschenbuch ISBN: 978-3-95573-954-6
eBook ISBN: 978-3-95573-955-3

»Friesenanker«, Band 13
Taschenbuch ISBN: 978-3-96586-009-4
eBook ISBN: 978-3-96586-010-0

Klarant Verlag

Lernen Sie die Ostfrieslandkrimi-Titel des Klarant Verlages kennen und besuchen Sie uns im Internet unter:

www.ostfrieslandkrimi.de

und

www.klarant.de

Sie können dort Näheres über unsere Autoren erfahren, viele weitere interessante Bücher und eBooks finden und Leseproben herunterladen. Mit dem kostenlosen Newsletter auf

www.ostfrieslandkrimi-lesen.de

erhalten Sie aktuelle Informationen rund um das Verlagsprogramm, wie beispielsweise spannende Neuerscheinungen und Gewinnspiele.